SERAFIM PONTE GRANDE

Coordenação editorial
JORGE SCHWARTZ E GÊNESE ANDRADE

SERAFIM PONTE GRANDE

E ANDRADE

**Posfácio — Facho em riste,
revolução permanente**
PAULO ROBERTO PIRES

Serafim: **Um grande não livro**
HAROLDO DE CAMPOS

Serafim Ponte Grande
SAUL BORGES CARNEIRO

Serafim Ponte Grande
MÚCIO LEÃO

COMPANHIA DAS LETRAS

Copyright © 2022 by herdeiros de Oswald de Andrade

Todos os esforços foram feitos para contatar os detentores dos direitos autorais dos textos reproduzidos neste livro, mas nem sempre isso foi possível. Teremos prazer em creditar as fontes, caso estas se manifestem.

Grafia atualizada segundo o Acordo Ortográfico da Língua Portuguesa de 1990, que entrou em vigor no Brasil em 2009.

PESQUISA E REVISÃO: Gênese Andrade

ESTABELECIMENTO DE TEXTO: Maria Augusta Fonseca

CRONOLOGIA: Orna Messer Levin

CAPA E PROJETO GRÁFICO: Elisa von Randow

IMAGEM DO AUTOR: Candido Portinari. *Retrato de Oswald de Andrade*, 1933, grafite sobre papel, 31,7 × 24,8 cm. Coleção Particular, São Paulo. Fotografia de Sergio Guerini. Direito de reprodução gentilmente cedido por João Candido Portinari.

QUARTA CAPA: Capa da primeira edição de *Serafim Ponte Grande*. Rio de Janeiro: Ariel Editora, 1933. Reprodução de Renato Parada.

PREPARAÇÃO: Silvia Massimini Felix

REVISÃO: Carmen T. S. Costa e Ana Maria Barbosa

Dados Internacionais de Catalogação na Publicação (CIP)
(Câmara Brasileira do Livro, SP, Brasil)

Andrade, Oswald de, 1890-1954
Serafim Ponte Grande / Oswald de Andrade. — 1ª ed. — São Paulo :
Companhia das Letras, 2022.
Posfácio — Facho em riste, revolução permanente/ Paulo Roberto
Pires — Serafim: Um grande não livro/ Haroldo de Campos —
Serafim Ponte Grande/ Saul Borges Carneiro — Serafim Ponte
Grande/ Múcio Leão

ISBN 978-65-5921-268-2

1. Ficção brasileira I. Título. II. Pires, Paulo Roberto. III. Campos,
Haroldo de. IV. Carneiro, Saul Borges. v. Leão, Múcio.

21-86642	CDD-B869.3

Índice para catálogo sistemático:
1. Ficção : Literatura brasileira   B869.3
Eliete Marques da Silva — Bibliotecária — CRB-8/9380

[2022]
Todos os direitos desta edição reservados à
EDITORA SCHWARCZ S.A.
Rua Bandeira Paulista, 702, cj. 32
04532-002 – São Paulo – SP
Telefone: (11) 3707-3500
www.companhiadasletras.com.br
www.blogdacompanhia.com.br
facebook.com/companhiadasletras
instagram.com/companhiadasletras
twitter.com/cialetras

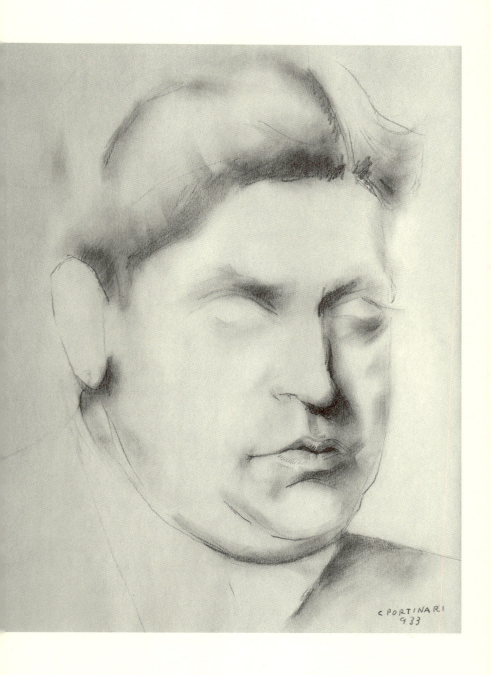

SUMÁRIO

9 **OBJETO E FIM DA PRESENTE OBRA**
Oswald de Andrade

11 **SERAFIM PONTE GRANDE**

155 **NOTA SOBRE O ESTABELECIMENTO DE TEXTO**

FORTUNA CRÍTICA
159 Posfácio — Facho em riste, revolução permanente
Paulo Roberto Pires

175 *Serafim*: Um grande não livro (1971)
Haroldo de Campos

203 *Serafim Ponte Grande* (1933)
Saul Borges Carneiro

207 *Serafim Ponte Grande* (1933)
Múcio Leão

209 Leituras recomendadas
211 Cronologia

OBJETO E FIM DA PRESENTE OBRA[*]
(SERAFIM PONTE GRANDE)

OSWALD DE ANDRADE

Quem conta com a posteridade é como quem conta com a polícia.

Aliás a minha finalidade é a crítica. A obra de ficção em minha vida corresponde a horas livres, em que estabelecido o caos criador, minhas teorias se exercitam com pleno controle.

O que é a obra de arte? Fenômeno social ou antissocial. Ciclos. Caráter coletivista, caráter individualista. Classicismo e pesquisa. Romantismo e decadência.

O academismo não existe. Surpresa para os que acreditam que o Brasil tem uma pintura desde o *pic-nic* transatlântico de Dom João 6º.

Paradoxo que reforça a vida. Como um assovio que se assovia. Toca de solitários. Gozo de anarquistas. Escola Pública. Hino Nacional. Confessionário. Obra de arte.

Há os períodos de inquietação. Gravidez. Detetives. De hemorragia. Há os períodos de quietação. Rendas. Hematose. Equívocos para acabar de acordo. Didatismo. Cooperativa das lágrimas. Caixa mútua da humanidade onanista.

O novo mundo produziu o homem serafiniano cujo eixo é a riqueza mal adquirida.

---

[*] Publicado originalmente na *Revista do Brasil*, Rio de Janeiro, ano I, n. 6, p. 5, 30 nov. 1926. (N. C.)

In illo tempore, uma madona de Rafael que até dá náuseas, constituía fenômeno vivo, localizado na coluna vertebral da humanidade. Hoje, um compasso de Léger penetra na nossa medula.

No mundo atual, Serafim traz duas razões: o bom câmbio e a ignorância audaz. Bisneto do conquistador, avesso do bandeirante, é o filho pródigo que intervém na casa paterna porque viu mundo, travou más relações e sabe coisas esquisitas. Choque. Confusão. Regresso inadatável.

O que é que faz a obra de arte diferente de uma ópera de Carlos Gomes? Não há regras. É sempre diferente.

Os retardatários — você com certeza, leitor — pensam que têm gosto porque aprenderam umas coisinhas. São os mantenedores do gosto. O que sai das coisinhas é de mau gosto. Mas nós endossamos o mau gosto e recuperamos para a época o que os retardatários não tinham compreendido e difamavam.

Transponho a vida. Não copio igualzinho. Nisso residiu o mestre equívoco naturalista. A verdade de uma casa transposta na tela é outra que a verdade na natureza. Pode ser até oposta. Tudo em arte é descoberta e transposição.

O material da literatura é a língua. A afasia da escrita atual não é perturbação nenhuma. É fonografia. Já se disse tanto. A gente escreve o que ouve — nunca o que houve.

De resto, achar a beleza de uma coisa é apenas aprofundar o seu caráter.

O Brasil imigrante começou por trás. Cópia. Arte amanhecida da Europa requentada ao sol das costas. Os anúncios mal-direitos de uma legislação romântica nacional.

Serafim é o primeiro passo para o classicismo brasileiro.

SERAFIM PONTE GRANDE

DO AUTOR

Obras renegadas:

Os condenados
A estrela de absinto
A escada (inédito)

Pau Brasil
Primeiro caderno de poesia

Serafim Ponte Grande

Direito de ser traduzido, reproduzido e deformado
em todas as línguas — S. Paulo — 1933

O mal foi ter eu medido o meu avanço sobre o cabresto metrificado e nacionalista de duas remotas alimárias — Bilac e Coelho Neto. O erro ter corrido na mesma pista inexistente. Inaugurara o Rio aí por 16 ou 15. O que me fazia tomar o trem da Central e escrever em francês, era uma enroscada de paixão, mais que outra veleidade. Andava comigo pra cá pra lá, tresnoitado e escrofuloso, Guilherme de Almeida — quem diria? — a futura Marquesa de Santos do Pedro I navio! O anarquismo da minha formação foi incorporado à estupidez letrada da semicolônia. Frequentei do repulsivo Goulart de Andrade ao glabro João do Rio, do bundudo Martins Fontes ao bestalhão Graça Aranha. Embarquei, sem dificuldade, na ala molhada das letras, onde esfuziava gordamente Emílio de Menezes.

A situação "revolucionária" desta bosta mental sul-americana, apresentava-se assim: o contrário do burguês não era o proletário — era o boêmio! As massas, ignoradas no território e como hoje, sob a completa devassidão econômica dos políticos e dos ricos. Os intelectuais brincando de roda. De vez em quando davam tiros entre rimas. O único sujeito que conhecia a questão social vinha a ser meu primo-torto Domingos Ribeiro Filho, prestigiado no Café Papagaio. Com pouco dinheiro, mas fora do eixo revolucionário do mundo, ignorando o Manifesto Comunista e não querendo ser burguês, passei naturalmente a ser boêmio.

Tinha feito uma viagem. Conhecera a Europa "pacífica" de 1912. Uma sincera amizade pela ralé notívaga da *butte* Montmartre, me confirmava na tendência carraspanal com que aqui, nos bars, a minha atrapalhada situação econômica protestava contra a sociedade feudal que pressentia. Enfim, eu tinha passado por Londres, de barba, sem perceber Karl Marx.

Dois palhaços da burguesia, um paranaense, outro internacional "le pirate du lac Leman" me fizeram perder tempo: Emílio de Menezes e Blaise Cendrars. Fui com eles um palhaço de classe. Acoroçoado por expectativas, aplausos e quireras capitalistas, o meu ser literário atolou diversas vezes na trincheira social reacionária. Logicamente tinha que ficar católico. A graça ilumina sempre os espólios fartos. Mas quando já estava ajoelhado (com Jean Cocteau!) ante a Virgem Maria e prestando atenção na Idade Média de São Tomás, um padre e um arcebispo me bateram a carteira herdada, num meio dia policiado da São Paulo afarista. Segurei-os a tempo pela batina. Mas humanamente descri. Dom Leme logo chamara para seu secretário particular, a pivete principal da bandalheira.

Continuei na burguesia, de que mais que aliado, fui índice cretino, sentimental e poético. Ditei a moda Vieira para o Brasil Colonial no esperma aventureiro de um triestino, proletário de rei, alfaiate de Dom João 6º.

Do meu fundamental anarquismo jorrava sempre uma fonte sadia, o sarcasmo. Servi a burguesia sem nela crer. Como o cortesão explorado cortava as roupas ridículas do Regente.

O movimento modernista, culminado no sarampão antropofágico, parecia indicar um fenômeno avançado. São Paulo possuía um poderoso parque industrial. Quem sabe se a alta do café não ia colocar a literatura nova-rica da semicolônia ao lado dos custosos surrealismos imperialistas?

Eis porém que o parque industrial de São Paulo era um parque de transformação. Com matéria-prima importada. Às vezes originária do próprio solo nosso. Macunaíma. A valorização do café foi uma operação imperialista. A poesia Pau Brasil também. Isso tinha que ruir com as cornetas da crise. Como ruiu quase toda a literatura brasileira "de vanguarda", provinciana e suspeita, quando não extremamente esgotada e reacionária. Ficou da minha este livro. Um documento. Um gráfico. O brasileiro atoa na maré alta da última etapa do capitalismo. Fanchono. Oportunista e revoltoso. Conservador e sexual. Casado na polícia. Passando de pequeno-burguês e funcionário climático a dançarino e turista. Como solução, o nudismo transatlântico. No apogeu histórico da fortuna burguesa. Da fortuna mal-adquirida.

Publico-o no seu texto integral, terminado em 1928. Necrológio da burguesia. Epitáfio do que fui.

Enquanto os padres, de parceria sacrílega, em S. Paulo com o professor Mário de Andrade e no Rio com o robusto Schmidt cantam e entoam, nas últimas novenas repletas do Brasil:

No céu, no céu
com "sua" mãe estarei!

eu prefiro simplesmente me declarar enojado de tudo. E possuído de uma única vontade. Ser pelo menos, casaca de ferro na Revolução Proletária.

O caminho a seguir é duro, os compromissos opostos são enormes, as taras e as hesitações maiores ainda.

Tarefa heroica para quem já foi Irmão do Santíssimo, dançou quadrilha em Minas e se fantasiou de turco a bordo.

Seja como for. Voltar para trás é que é impossível. O meu relógio anda sempre para a frente. A História também.

Rio, fevereiro de 1933

OSWALD DE ANDRADE

RECITATIVO

A paisagem desta capital apodrece. Apareço ao leitor. Pelotari. Personagem através de uma vidraça. De capa de borracha e galochas. Foram alguns militares que transformaram a minha vida. Glória dos batizados! Lá fora, quando secar a chuva, haverá o sol.

ALPENDRE

Passarinho avuô
Foi s'imbora

PRIMEIRO CONTATO DE SERAFIM E A MALÍCIA

A — e — i — o — u

Ba — Be — Bi — Bo — Bu

Ca — Ce — Ci — Co — Cu

20 ANOS DEPOIS

— Apresento-lhe a palavra "bonificação"
— Muito prazer...

RECORDAÇÃO DO PAÍS INFANTIL

A estação da estrela d'alva. Uma lanterna de hotel. O mar cheiinho
de siris.
Um camisolão. Conchas.
A menina mostra o siri.
Vamos à praia das Tartarugas!

O menino foi pegado dando, atrás do monte de areia.

O carro plecpleca nas ruas.

O trem vai vendo o Brasil.

O Brasil é uma República Federativa cheia de árvores e de gente dizendo adeus.

Depois todos morrem.

PARÁFRASE DE ROSTAND

Tomei de tal maneira.
A tua caberleira
Como um clarão
Que como quando a gente fixa o Astro-Rei
Só enxerga ao depois rodelinhas vermelhas
Assim também quando eu deixo
Os fogos de que tu m'inundas
Meu olhar espantado
Pousa as manchas em que tu abundas

MIFARES

Da adolescência
OU SEJA
A IDADE EM QUE A GENTE CARREGA EMBRULHOS

A loira. A morena. O pai da morena. Os irmãos musculosos da loira. Ele toma capilé na venda de seu Pascoal.

A loira deixa-se apalpar como uma janela. No escuro. Numa noite de adultério ele penetra na Pensão da Lili. Mas ela diz-lhe que não precisa de tirar as botinas.

PROPICIAÇÃO

Eu fui o maior onanista de meu tempo
Todas as mulheres
Dormiram em minha cama
Principalmente cozinheira
E cançonetista inglesa
Hoje cresci
As mulheres fugiram
Mas tu vieste
Trazendo-me todas no teu corpo

Vacina obrigatória

Delegacia da autoridade que tem a cara arguta das 23 horas e procura um esparadrapo para o pudor da Lalá. Entre uma maioridade de soldados — nosso herói. Brasileiro. Professor de geografia e ginástica. Nas horas vagas, 7º escriturário. Serafim Ponte Grande. Lalá atirou-se do viaduto do escândalo ao primeiro sofá.

A autoridade — Estais no hall do templo da justiça! Peço compostura ou pôr-vos-ei no xilindró nº 7! de cócoras!
   Benevides — Doutor! Minha senhora sabe que terá de conter sua dor de progenitora diante de V. Excia.!

Benevides é estrela.

A autoridade — Eu compreendo que vós todos desejais o sacramento do matrimônio. Mas, modéstia à parte, no meu fraco parecer, o *conjugo vobis...*
   Lalá — Ih! Ih! Pi! Fi! Fi! Ih!

A autoridade — Que falta de noção do pundonor!

Mme. Benevides — Foi esse sem-vergonha, seu doutor! Ela não era assim, quando estava perfeita...

Benevides — Eu faço questão do casamento só por causa da sociedade!

Com um barbante invisível, puxa o police verso dos bigodes.

Lalá — Foi o Tonico, t'aí

Benevides — Quem minha filha?

Lalá — Já disse, pronto!

Serafim — Garanto-lhe, doutor, que foi o Tonico.

Mme. Benevides — Foi ele, seu doutor!

Serafim — Perdão! Eu não costumo mentir nem faltar com a verdade!

Mme. Benevides — Olhe que eu conto! Bom!

Lalá — Eu acho que foi o Tonico...

Mme. Benevides (no primeiro plano) — Um dia, eu tinha chegado da feira e espiei pelo buraco da fechadura, a tal lição de geografia!

Lalá — Era ginástica.

Benevides — Respeitem este recinto!

Lalá — Com este frege, ainda não jantei.

Mme. Benevides (ao futuro genro) — Lata de lixo!

Sai pela direita

Lalá (soluçando) — Serafim, escolha... ou você casa comigo ou eu vou para um alcouce!

Serafim — Isso nunca!

Vozes — Então casa! Casa! Casa!

Uma voz — Faz o casamento fiado!

Serafim — Mas andaste duas vezes de forde com o Batatinha!

Lalá — Por isso que eu estava ficando louca lá em casa!

O soldado abre as grades das maxilas. Conduzem Serafim gado e séquito para debaixo do altar da Imaculada Conceição.

FOLHINHA CONJUGAL
OU SEJA
SERAFIM NO FRONT

QUINTA-FEIRA

Partida de bilhar com o Manso da Repartição. Joguei mal. Pequena emoção guerreira.

_____

Lalá quer passar o inverno em Santos. Já fiz os cálculos e vi que o ordenado não dá, mesmo com os biscates.

No entanto, deve ser muito bom mudar de casa e de ares, de objetos de uso familiar e de paisagem quotidiana. Seria excelente para mim, homem de sensibilidade que sou. E quem sabe se também mudar de paisagem matrimonial. *Sed non pos-su-mus!* como se canta no introito da missa.

TERÇA-FEIRA

Ando com vontade de escrever um romance naturalista que está muito em moda. Começaria assim: "Por todo o largo meio disco da praia de Jurujuba, havia uma vida sensual com ares gregos e pagãos. O mar parecia um sátiro contente após o coito".

Nota: Não sei ainda se escreverei a palavra "coito" com todas as letras. O arcebispo e as famílias podem ficar revoltados. Talvez ponha só a sílaba "coi" seguida de três pontinhos discretos. Como Camões fazia com "bunda".

QUARTA-FEIRA

Inesperada enfermidade de Lalá. Cheguei a converter-me de novo ao catolicismo. As três crianças berravam em torno do leito materno. Quadro digno do pincel de Benedito Calixto.

SEXTA-FEIRA

Chove. Verdadeira neurastenia da natureza.

SÁBADO

Eu preciso é largar de besteira, me aperfeiçoar e seguir a lei de Deus!

DOMINGO

Benedito Carlindoga, meu chefe na Escarradeira (vulgo Repartição Federal de Saneamento), partiu para a Europa, a bordo do vapor *Magellan*. Vai se babar ante o saracoteio desengonçado e lúbrico das personagens de Guy de Maupassant.

TERÇA-FEIRA

Dieta de cachorro por causa do vinho Barbera que bebi ontem, festa dos italianos, em companhia de meu prezado colega e amigo José Ramos Góes Pinto Calçudo, a fim de celebrarmos a brecha de Porta Pia.

———

Lalá e o Pombinho (Pery Astiages) invadem o repouso contemplativo de minha sala de visitas. Estou convencido de que as seis cadeiras enfronhadas em branco, o espelho, a gôndola de Veneza, o retrato do Marechal de Ferro, tudo tem vontade de disparar.

Piano. Os sinos de Corneville.

———

Resposta de Lalá à minha queixa.

— Você precisa pagar a prestação do mês passado. Se não o homem vem buscar o Stradivarius.

———

Mais Stradivarius.

— Que valsa é essa?

— "Le lendemain du mariage".

QUARTA-FEIRA

Salvas de canhão anunciam o feriado nacional. Não vou à parada. Estou ficando antimilitarista.

QUINTA-FEIRA

O bataclã doméstico despenca para a cidade de bonde. Comemos empadas e doces no Fazoli. Depois, cinema. Ao lado das ironias vestidas de pano de almofada que constituem a minha família, vejo desfilar no *écran* luminoso os ambientes altamente five-o--clock da Paramount Pictures.

QUARTA-FEIRA

Parece que Deus quer ver no primeiro dia deste ano inteiramente evoluída a minha transformação psíquica, tantas vezes ameaçada pelos acontecimentos.

Primeira etapa: Março-Abril. Amizade com o Celestino Manso que, vamos e venhamos, me incutiu uma outra orientação na vida. A questão da impersonalidade em arte. O conhecimento com detalhes do escabroso caso Victor-Hugo-Sainte Beuve etc., etc.

Segunda etapa: Maio a Setembro. Reabilitação da indumentária. Fraque sem colete e botinas americanas. Sabendo da sugestão dos ambientes sobre a existência, disponho-me a alargar o círculo dos meus amigos (salvo seja!). Há muita mais gente boa, por aí do que se propala.

Terceira etapa: até os dias presentes. Tendências de economia. Reação contra os gestos atávicos de Dona Lalá, a telefonista!

TERÇA-FEIRA

Vou tomar chá, hoje, às oito horas, em casa do Comendador Sales. É o Manso quem me reboca. Um dia, hei de comprar um Ford a prestações.

DOMINGO

Miserável despertar de sensualismo. Releio as apimentadas memórias de Jacques Casanova.

TERÇA-FEIRA

Dia dos anos do Pinto Calçudo. Vou dar-lhe de presente um suspensório azul-pavão.

———

Volto de novo a preocupar-me com o romance que imaginei escrever e que acho que sairá com pecedônimo. Tenho alguns apontamentos tomados sobre o tipo principal, a jovem Marquesa de M... Quando o sedutor, o invencível galã Álvaro Velasco, inicia a sua ofensiva por debaixo da mesa de jantar, ela retira bruscamente o pezinho. Nota humorística: a Marquesa tem um calo.

———

Continuo a viver uma vida acanalhada. Só vejo um remédio para me moralizar — cortar a incômoda mandioca que Deus me deu!

SÁBADO

O Pinto Calçudo observa sensatamente, ao bilhar, que se houvesse uma força dupla, tripla, múltipla etc., as bolas teriam sempre que dar.

DOMINGO

Lalá me envelhece. Mas também me galvaniza. Tenho ímpetos de largar esta gaita e dar o fora. Um fora sensacional!

SEGUNDA-FEIRA

Ontem, boa conversa com o Manso sobre o tipo requintado de Fradique Mendes. Ele mora com uma tia. Almocei lá. Bebemos cerveja.

SEXTA-FEIRA

Desenvolvimento imprevisto da tragédia íntima que as Doze Tábuas da Lei me obrigaram a fazer. Lalá, depois de uma vasta fita, propôs o divórcio. Eu aceitei sem pestanejar. E berrei trepado numa cadeira: À vínculo, minha senhora!

DOMINGO

Nada mais incômodo do que esse negócio de ter filhos sem querer.

Para evitarmos os abortos levados a termo e os outros que Lalá vive provocando com risco da própria vida, o Pinto Calçudo me ensinou um remédio muito bom.

Ontem à noite, depois de termos feito as pazes, estávamos conversando sobre Freud, eu e ela e ficamos excitadíssimos. Mesmo vestida, tirei-lhe as calças. Mas quando desembrulhei o remédio (que já tinha comprado na Farmácia) e ela percebeu que precisava enfiar uma seringa de vidro, enfezou, protestou e fechou as coxas, dizendo que assim perdia a poesia. Foi inútil explicar-lhe que bastava meia seringada etc. etc.

Quando acabei de convencê-la já tinha perdido toda a força!

———

SEGUNDA-FEIRA

Afinal a criada foi uma desilusão. Compursquei o meu próprio leito conjugal, aproveitando a ausência de Lalá e das crias. No fim, ela gritou!

— Fiz um peido!

Travessuras de Cu... pido!

TERÇA-FEIRA

Hoje, suculenta macarronada com Pinto Calçudo no restaurante *Al vino cattivo di Viva la Madonna!*

QUARTA-FEIRA

O Comendador Sales abre-se conosco na Confeitaria Fazoli. Acha que sem recursos não se pode gozar a vida. Contou-nos diversas aventuras de amor, pedindo-nos reserva.

Ontem, o Manso almoçou aqui. Conversamos a respeito de moelas.

————

QUINTA-FEIRA

Vem-me à cabeça a toda hora, uma ideia idiota e absurda. Enrabar o Pinto Calçudo. Cheguei a ficar com o pau duro. Preciso consultar um médico!

————

SEXTA-FEIRA

O Manso relata-me que um tal Matatias, cunhado de um primo dele, nunca teve nenhuma manifestação de sífilis, nem hereditária nem pegada — mas eis que agora está com a vista e a espinha invadidas. Aconselha-me a fazer exame de sangue em todos da casa.

————

DOMINGO

Decidi traçar um sério programa de estudos e reabilitar assim a minha ignorância. Português, aritmética, latim, teosofia, balística etc.

Napoleão, segundo me disseram, aprendeu a ler aos 29 anos e o grande Eça de Queiroz escreveu o Crime do Padre Amaro com 50 anos!

TERÇA-FEIRA

Amanhã, missa em Santa Efigênia. Ação de graças pelo aniversário da besta do Carlindoga. Podia ser de 30º dia!

SÁBADO

Lalá passou mal a noite. Não morreu.

SEXTA-FEIRA

Mudamos de residência. Esta tem um quintalzinho de onde se avista o Brás e com binóculos de alcance se distingue perfeitamente a casa do Carlindoga.

QUINTA-FEIRA

Fomos visitar ontem, o dr. da Costa Brito. Um grupo de admiradores. Está hospedado na finíssima Rotisserie. Parece um ator. Usa chapéu verde e monóculo. Mostrou-se muito afável. Conversamos sobre a falta de ideais que caracteriza o nosso país.

SEGUNDA-FEIRA

A César o que é de César. Beijei a criada nova.

A outra, Lalá pôs pra fora. Andava desconfiada.

———

É verdade, minha esposa dá ganas de escrever um drama social em três atos tétricos. Brigas loucas porque eu gasto luz demais com minhas leituras! Quer que eu seja inculto!

———

Decidimos pôr as crias no Externato Barros. Foi o Manso quem lembrou.

TERÇA-FEIRA

Deram dois tiros no pai do Birimba da Repartição, almofadinha e baliza do Sírio. Vasta emoção na Escarradeira. O irmão mais moço do Birimba tinha sido avisado que iam matar o pai. Mas esqueceu e dormiu. Quando acordou foi com a vítima entrando em casa e o berreiro da família.

QUARTA-FEIRA
Comprei meia dúzia de copos inquebráveis.

SÁBADO
O dr. Telles Siqueira, conhecido advogado, morreu de soluço.

———

Agradável palestra no Bar Barão com o Comendador Sales, o Pinto Calçudo e o Manso, à saída da Repartição.
O Comendador acha que aqui não existe opinião pública. Falou-nos das intrigas e difamações de que tem sido vítima. Não podendo os crápulas igualar-se aos homens honestos, tratam de rebaixá-los por meios inconfessáveis.

DOMINGO
Lalá fez a surpresa de me preparar um quentão com gengibre e amendoim. Será que não estou com a escrita em dia?

SÁBADO
Levei o Pery Astiages à Repartição para ir com ele depois comprar um terno de roupa numa liquidação da Rua 25 de Março. Acharam-no muito crescido.

QUARTA-FEIRA
Ontem, último dia de Carnaval, fizemos o Corso na Avenida Paulista. Vaca com o Manso para pagar o táxi. Além disso, ele, gentilmente, ofereceu uma bisnaga das grandes à Lalá.

———

Mudou-se aí para a frente um meninão que é um Apolo. Se não fosse a jararaca...

TERÇA-FEIRA

Chegou de sua estadia na Fazenda Monte Alegre o jovem escritor Pires de Mello. O Manso prometeu apresentar-mo oportunamente.

———

Cinema. Esta família é um peso.

QUINTA-FEIRA

Comprei a prestações uma caneta-tinteiro. Não funciona muito bem, mas serve.

SÁBADO

Vi um sujeito morrer na rua.

———

Vou convidar o menino aí da frente para fundar um clube de futebol com o Pombinho. Aperfeiçoamento da raça!...

———

O meu drama conjugal estronda como os rios nas enchentes. Nego-me de pés juntos a acompanhar o bando precatório ao Cine-América. Não vou!

QUARTA-FEIRA

Visita de pêsames ao vizinho, seu Manduca, que perdeu a esposa, atropelada por um automóvel imprudente. Está inconsolável.

DOMINGO

O Manso deu de presente à Lalá um colar roncolho. Eu não disse nada, mais creio que a pedra maior é falsificada.

TERÇA-FEIRA

Aniversário da senhora do Senador Bemvindo, Dona Vespucinha. Graças ao Comendador Sales, fui também. Muita gente. Salas abertas e iluminadas. Políticos e senhoras degotadas. Vários discursos. Guaraná a rodo. Dona Vespucinha é um peixão!

SEGUNDA-FEIRA

O Manso levou Lalá e as crianças a uma festa de igreja em Guarulhos. Depois iam à Exposição de Automóveis.

SÁBADO

Lalá me pediu para comprar na casa de música, a ópera "Santo Onofre sobre as ondas" que a vizinha Dona Ester diz que é linda.

TERÇA-FEIRA

Ideias de Pinto Calçudo.

— Para defender a liberdade de pensamento, eu iria às barricadas!

Eu também.

DOMINGO

O Manso apresenta-me ao literato Pires de Mello. Vamos pela garoa até um bar pitoresco do Anhangabaú. Aí, ele expõe-nos a sua vida que é um verdadeiro *chef d'oeuvre*. Precisava de uma mulher para inspirá-lo. Achou-a. Mostrou-nos uma carta e uma fotografia. A carta terminava assim: "Agora, a nossa encantada aventura jaz embelezada pela distância".

TERÇA-FEIRA
Diante das razões filosóficas do Pinto Calçudo, fiquei determinista. Mas creio ainda um pouco em Santo Anastácio.

O terremoto doroteu

> *Salve Doroteia! Dançarina dos tangos místicos,*
> *flexão loira, boca onde mora a Poesia!*
> (De uma crônica da época).

Não há mais modéstia que me impeça de afirmar que o único rebento sobrevivente de minha falecida família floriu numa grande e formosa artista. Chama-se Doroteia Gomes, é declamadora "diseuse" e acaba de, para bem das musas, fixar residência em São Paulo, na Pensão Jaú.

———

Doroteia é uma deidade que desceu à terra. Cerca-a de todo o lado a mais bela das aclamações, a aclamação unânime da mocidade literária. Mesmo os que não n'a conhecem, a admiram!

———

Tomei uma definitiva e irrevogável resolução. Mando às favas os ciúmes horríveis de Lalá e as eternas tosses compridas das crianças.
Doroteia recita: anjos abrem alas em torno dela!

O homem é um microcosmos! Por assim dizer, um resumo da terra e como tal é guiado por leis imutáveis e eternas. Estou de acordo com essas ideias provadas pela ciência. Porém, há as erupções, há os cataclismas!

———

Ontem, berrei para Lalá:

— Defendo o direito das convulsões sísmicas!

———

Doroteia é o meu Etna em flor!

———

Fiz confidências ao Pinto Calçudo. Estou arrependidíssimo. Contei-lhe que ela me mostrou os peitos.

———

Inutilmente, procuro distrair-me, olhar em torno de mim. Não me interessa o grosso escândalo do Comendador Sales que dizem que levou a breca financeiramente. Consta até que empenhou o piano de cauda.

O fato é que devolveu os bilhetes para o recitativo que Doroteia vai dar aos apreciadores da boa arte, no Grêmio Colibri. Besta!

———

Ontem, justamente, encontrei-o no Piques. Parecia uma locomotiva. Perguntou-me se não achava bom que ele se mudasse para Taubaté.

— Lá se gasta menos, e eu posso escrever em sossego o meu livro sobre "Datas Célebres".

———

Nada disso me preocupa.

O Pinto Calçudo irrita-me com absurdos a propósito de Doroteia. Diz que os aplausos universais matar-lhe-ão a fonte dos sentimentos puros.

———

Passei o dia de fraque.

———

O Manso rosna por aí que eu fiquei louco. Tenho para me defender a opinião do Pires de Mello que tacitamente me aprova, ele, o grande literato que passou a vida debruçado sobre a alma feminina.

———

Quanta emoção pode ocultar-se sob um guarda-chuva! Acompanhei Doroteia ao cinema, debaixo de enorme aguaceiro.

———

Ela é, sem dúvida, a grande artista de temperamento tropical! É a única "diseuse" que possui personalidade entre nós!

———

Na Repartição, o Castanheta briga com o Birimba, dizem uns que por causa da colocação de pronomes, outros por causa de uma alemã que é garçonete no Bar Costeleta.

Quão diferente e grandiosa é minha vida secreta!

———

Frase do Pires de Mello sobre ela:

— Tão loira que parece volatizar-se na manhã loira!

———

Este meu lar é um verdadeiro "chemin des dames"!

Ah! Se eu pudesse ir com Doroteia para Paris! Vê-la passar aclamada entre charutos e casacas de corte impecável! Mas contra mim, ergue-se a muralha chinesa da família e da sociedade.

———

Saio à noite e procuro o Pires de Mello que lê-me pela terceira vez a sua encantadora novela "Recordação de um ósculo". Ao lado dessa espontânea solidariedade, o Manso acusa-me de inconsequência moral.

———

Lalá descobre no meu topete um chumaço de cabelos brancos. Tudo pela posse real da vida!

———

Doroteia declamando "Os Elefantes" com mímica apropriada é um verdadeiro gênio! Fico aniquilado.

———

Posso dizer que hoje, segunda-feira, penetrei de repente no âmago da alma da mulher. Doroteia declarou-me cinicamente que ama o Birimba! Resultado das apresentações!

———

Isolo-me para meditar sobre os acontecimentos. Nesta velha sala de visitas, onde me sento, fitando na parede fronteira, o retrato do Marechal de Ferro, revejo o meu passado. O infame sogro Benevides que mudou-se para Rocinha, o Carlindoga, o Manso. Que será do futuro se a vida crescer de intensidade e diapasão como sinto que cresce? O meu futuro, o de Doroteia, o do Birimba, o de Pinto Calçudo, de Lalá e meus filhos?

Caio de joelhos, e exclamo:

— Deus que salvastes Fausto e perdoastes São Pedro, tende consideração!

————

Pires de Mello, a quem narro detalhadamente o meu caso, resolve-o pelo pã-sexualismo de Freud. Acha que Doroteia não me largará por causa de certas vantagens...

————

O fato é que minha vida está ficando um romance de Dostoiévski.

————

Por causa de Doroteia, vejo tudo possível para mim: Tribunais, Cadeias, Manicômios, Cadeiras Elétricas, etc. etc.

E vejo tudo lucidamente. Sou o crítico teatral de minha própria tragédia!

————

De novo, beijos ardentes na saleta da Pensão Jaú. E o corpo que desfalece como o de Cleópatra nos braços de César Bórgia!

————

De novo, choradeira monumental em casa.

Lalá me guspiu na cara e foi para o piano tocar o Langosta.

————

No restaurante "Ao buraquinho da Sé", Doroteia me consola, dizendo:

— Comeremos a vida inteira no mesmo prato!

————

Lalá depois de sair três noites a fio com o Manso, caiu doente. Proponho chamar-lhe o Dr. Salgadinho que é a celebridade do bairro. Ela não quer. Diz entre lágrimas e soluços histéricos que só deseja na vida o meu amor. Figa! Depois que sou de Doroteia, nunca fui adúltero!

Sonhei que tinha mudado de sexo e era noiva do Pinto Calçudo. Sinal de calamidade!

De fato, o Birimba sumiu da Repartição e Doroteia fugiu da Pensão, sem pagar a conta.

O Pinto Calçudo me informa que estão no Rio, onde vão trabalhar numa fita intitulada "Amor e Patriotismo".

Eu hurlo de dor, pensando que uma objetiva vai enlameá-la definitivamente ao lado de um cáften!

Ando sinistro, magro e pensando em suicídio.

Abstenção sexual absoluta. Continuo fiel à minha perjura.

Bem me disse aquela vaca do Pinto Calçudo que ela era capaz de surpresas morais!

Confirmou-se totalmente o péssimo pressentimento que eu tinha a propósito desse negócio de Doroteia trabalhar no cinema. Os jornais suspeitos e pornográficos do Rio vêm cheios de alusões equívocas a propósito da cena final do tal film "Amor e patriotismo" em que ela tomou parte. Ela era obrigada a se deixar beijar como no fim de todas as fitas. E o indigno e malandríssimo galã que não é outro senão o já famoso burocrata raté Ernesto Pires Birimba teve, no momento do beijo, uma inconvenientíssima ereção que infelizmente foi filmada. A "Maçã Descascada", jornaleco imundo que vive de escândalos e chantagens, estampa a propósito um artigo com este simples título infamante: "O pau duro dos trópicos não respeita estrela!". Eis a consagração artística que ela ganhou...

———

Encerro o presente ciclo de minha vida com a frase lapidar de um poeta: "Fim da dor!".

Sim, porque sinto-me tranquilo, apesar das notícias mais ou menos positivas que me chegam do final burlesco da tragédia amorosa que encheu minha vida de ilusão e sofrimento!

Sinto-me tranquilo. Curvo-me sob a desequilibrada férula do Destino e entrego ao Divino Acaso a minha desarvorada existência. A Doroteia amorosa e boa que foi, esfriou, mudou de opinião, esqueceu os mais sagrados juramentos, sei lá porque!

Os sentimentos eternos com que eu contava não se inclinam mais para o meu lado. Minha atitude, porém, é absolutamente estoica e superior.

Acabou-se em fumaça a grande mulher que entrevi nos dias em que me fiz amar. *Souvent femme varie*, já dizia Victor Hugo, autoridade na matéria!

———

Apenas ontem, tive um momento de fraqueza. Foi ante uma apóstrofe imunda de Lalá contra ela. Chamou-a de estrepe e marafona! Isso me pôs revoltas no sangue e na cabeça e me deu a imediata vontade de assinar um papagaio, ir de aeroplano ao Rio e justar contas com o miserável que a raptou.

Enterrei a palheta e saí para a rua debaixo do chuvisqueiro.

Mas só, andando refletindo sob os lampiões, depois de um grave tumulto psicológico, senti que meu espírito tomara uma direção mais calma. Fiz um pensamento: "O amor é a amizade reforçada pelo apoio físio-sexual".

E quase dormi num banco da Praça da República. Com o frio da noite, acordei tomado de um desânimo enorme. Procurei em redor um aconchego e senti-me só.

———

Entro em casa. Lalá foi com o Manso ao Circo Piolim, ver o leão Nero que já matou duas pessoas. Choro longamente.

———

Enrabei Dona Lalá.

TESTAMENTO DE UM
LEGALISTA DE FRAQUE

Por cem becos de ruas falam as metralhadoras na minha cidade natal. As onze badaladas da torre de São Bento furam a cinza assombrada do dia, onde as chaminés entortadas pelo bombardeio não apitam.

É a hora em que eu, Serafim Ponte Grande, empregado de uma Repartição Federal saqueada e pai de diversas crianças desaparecidas, me resolvo a entregar à voracidade branca de uma folha de papel, minhas comovidas locubrações de última vontade.

Hoje posso cantar alto a Viúva Alegre em minha casa, tirar meleca do nariz, peidar alto! Posso livremente fazer tudo que quero contra a moralidade e a decência. Não tenho mais satisfações a dar nem ao Carlindoga nem a Lalá, diretores dos rendez--vous de consciências, onde puxei a carroça dos meus deveres matrimoniais e políticos, durante vinte e dois anos solares!

Recquiescat oh ex-vaca leiteira que Deus e a Sociedade fizeram a mãe de meus filhos! Recquiescant castrados da Repartição que diariamente me chamavam de "Chocolate com ovos"!

Nem um cão policial nas ruas encarvoadas. Apenas um gozo voluptuoso de pólvora penetra das ruas que escutam como narinas fechadas por essas janelas afora!

Num incêndio sem explicações, há um silêncio do tamanho do céu. Um homem passa debaixo de um saco no cosmorama desconforme.

Aqui, nesta mesa de jantar hoje deserta como um campo de batalha, minha voz foi sempre abafada pela voz amarela de Dona Lalá. E pela do Carlindoga no tardo país que faz contas. Mas eu sou o único cidadão livre desta formosa cidade, porque tenho um canhão no meu quintal.

Minha esposa, tomada por engano de sensualismo num sofá da adolescência, foi o mata-borrão de meus tumultos interiores.

De noite, às quintas e sábados, fazíamos filhos com a cara enquadrada nas claridades cinematográficas da janela. Pensava no grelo de Pola Negri, ou nas coxas volumosas de Bebé Daniels. Minha esposa pensava em Rodolfo Valentino. Os filhos saíram em fila — o Pombinho atrás, com o lindo nome de Pery Astiages!

Só o Pombinho é hoje senhor deste segredo de eu possuir um canhão que os rebeldes abandonaram em meu quintal.

Comprei um Código Civil, visto que os jornais anunciam que o povo ordeiro e trabalhador, volta provisoriamente à forja das ocupações, os mendigos às pontes, os bondes aos trilhos.

Na madrugada branca e brusca, o Pombinho parte de novo para a guerra, com uma carabina às costas.

Um vento de insânia passou por São Paulo. Os desequilíbrios saíram para fora como doidos soltos. A princípio nas janelas, depois nas soleiras das portas. O meu país está doente há muito tempo. Sofre de incompetência cósmica. Modéstia à parte, eu mesmo sou um símbolo nacional. Tenho um canhão e não sei atirar. Quantas revoluções mais serão necessárias para a reabilitação balística de todos os brasileiros?

Vejo de perto uma porção de irmãos do meu canhão, alinhados nos vagões que vão perseguir os revoltados nas guavilas de Mato Grosso. A gare da Luz repleta e revirada. Marinheiros ocupantes com cara de queijo de cabra. Digo a um soldado que estou à espera de minha família. E mostro-lhe meu guarda-chuva de cabo de ouro, símbolo da Harmonia. Oficiais parecem estrangeiros que conquistaram a população de olhos medrosos.

Os paulistas vão e voltam, bonecos cheios de sangue.

Mas a revolução é uma porrada mestra nesta cidade do dinheiro a prêmio. S. Paulo ficou nobre, com todas as virtudes das cidades bombardeadas.

Assoviam ninhos nas telhas. Na distância, metralhadoras metralham pesadamente.

O Pombinho regressa de carabina virginal, equilibrando a noite na cabeça de cow-boy.

Uma grinalda de fogo sobe da cidade apagada. Uma recrudescência de tiros.

Invadem o meu sacro quintal. Um sargento sem dentes, um anspeçada negro, um dentista, dois recolutas. Atiram sem mira!

Negros martelam metralhadoras. Uma trincheira real onde se digere pinga-com-pólvora! Famílias dinastas d'África, que perderam tudo no eito das fazendas — fausto, dignidade carnavalesca e humana, liberdade e fome — uma noite acordando com as garras no sonho de uma bateria. Viva a negrada! Sapeca fogo!

E os índios onde os missionários inocularam a monogamia, e o pecado original! E os filhos dos desgraçados co'as índias nuas! Vinde! Vinde destroçar as tropas do Governador Geral! Fogo, indaiada de minha terra tem palmeiras!

Coloco o meu canhão sobre a lata vazia de um arranha-céu. Vou revelar a meus olhos a chapa fotográfica de São Paulo, branca ao sol primaveril.

As folhas das árvores explodem no silêncio semanal dos jardins. Parece que a vida parou. Soldados embalados não deixam passar. Altos lá! Quem-vens-lá?

Um sino corta pelo meio um tiro de igreja e cada bala é uma dançarina que procura o bolso de um homem.

Tudo conspira nesta cidade silente. Encontrei numa rua deserta um bonde, jogado nos trilhos, aceso e quieto. Quando me viu, zarpou num risco de fios.

O irmão do concunhado de meu barbeiro afirma que o general revoltoso regressa amanhã, trazendo a bandeira, o escudo e a coroa do Presidente. Viva a Realidade Brasileira!

O Carlindoga, no entanto, era otimista. Achava apenas que não temos cultura bastante. O país só pode prosperar dentro da Ordem, seu Serafim!

Vai tudo raso. Parece um curso pirotécnico!

Refugio-me num mosteiro e interpelo o abade sobre a vida de São Bartolomeu, cuja estátua cheia de sangue, tem uma cabeça decepada nas mãos e um facão de carniceiro. O abade responde-me que durante o flagelo da guerra, não se discutem pormenores do passado mesmo guerreiros.

Quinhentos refugiados de todos os sexos. Um tumulto na entrada hospitalar. Chegam crianças de camisolas mortas. Vêm gélidas nos automóveis baleados da Cruz Vermelha. Um homem. Tem a cabeça desfolhada como uma rosa.

As famílias são átomos. Cheias de corpúsculos polarizados. A minha família é um metal que se degrada. Para renascer. O Pombinho será o sol de um universo novo de bebês.

Sonambulismo. Domingo parecido com um dia qualquer. Gente vadia. Automóveis com lenços brancos na busca de rings imprevistos. Nocaute no Governo!

O Carlindoga é o reflexo dos altos poderes. O tirano palpável. Contra ele preparo um imenso atentado.

Um campo verde, onde há canhões ocultos, uma enfermeira grande como a caridade. Um automóvel largado numa estrada. Um cavaleiro do exército, lento, subindo por detrás de um cemitério, como em todas as guerras. Estalidos de floresta e o povo agitado, florestal.

Se o Pombinho aparecer por aqui, neste alto refúgio, onde abro o meu canhão azul, fuzilo-o!

A cidade é um mapa estratégico, fechada num canudo de luar. Gritam lá embaixo, não se sabe adonde. Há gatinhos machucados por toda a parte. Silvos e o sangue que responde. As balas enroscam-se nas árvores. Trabalham os telhados e os chicotes de aço. Vejo o fantasma do Carlindoga e o do filho que matei. São eles, impassíveis, de fraque, chapéu alto. Passam conversando no meio das balas. Corretos, lustrosos, envernizados pela morte.

De pé! Dentro da Ordem!

Amei acima de tudo a infiel Doroteia e a minha cidade natal.

Nunca me vem à memória, senão para odiar, a minha família, desaparecida com o Manso da Repartição, numa fordinha preta, na direção da Serra dos Cristais.

Transformei em carta de crédito e pus a juros altos o dinheiro todo deixado pelos revolucionários no quarto do Pombinho.

Matei com um certeiro tiro de canhão no rabo o meu diretor Benedito Pereira Carlindoga.

A castidade é contra a natureza e vice-versa.

Minto por disciplina social e para não casar novamente na polícia.

A noite aterra de aeroplano. Vou pregar um tiro de canhão no ouvido.

Ordem do dia do povo brasileiro: GASTAR MUNIÇÃO.

NOTICIÁRIO

Serafim Ponte Grande conseguira movimentar o seu canhão. A direção das granadas que tinham vazado como um olho a residência repleta do Carlindoga, indicava como ponto de eclosão dos tiros, qualquer dos enormes dados da cidade. O canhão havia agido de altura. Essa circunstância intrigou excessivamente o Gabinete de Queixas e Reclamações. Chegou-se a meditar que o artilheiro misterioso houvesse visado, das pregas e precipícios do Jaraguá. E durante alguns séculos de relógios passou pela cidade a expectativa de um milagre feroz — o retorno do exército fantasma que se perdera primeiro num rio depois no coração florestal da pátria militarizada.

Nas sessões espíritas, invocou-se sem resultado a alma do almirante Custódio de Mello.

A coincidência da aproximação de Marte — esfinge do espaço — e uma comunicação oficiosa do Observatório Astronômico, atribuindo-lhe o atentado, acalmaram as populações revolucionadas.

ABAIXO-ASSINADO

POR ALMA DE BENEDITO CARLINDOGA

> Destinado à elevação de uma herma
> a esse senhor; traiçoeiramente falecido,
> como Marat, no banheiro de sua residên-
> cia, pelo estouro de uma pérfida granada.

Serafim P. G. . . . . 5$000

José Ramos Góis Pinto Calçudo . . . . 2$400

Um anônimo . . . . 1$000

O LARGO DA SÉ

ENSAIO DE APRECIAÇÃO NIRVANISTA PELO SR. SERAFIM PONTE-GRANDE-NOVO-RICO

O Largo da Sé agora está se modificando muito. Nem parece o Largo da Sé de dantes. Dantes era menor. Tinha casas com tetos para fora e a igreja com uma porção de carros.

Naqueles bons tempos a gente ia à missa mas como derrubaram a igreja e nasceu outra geração que só cuida dos jogos de futebol, e do bicho, ninguém mais vai à missa.

O Largo da Sé começou a ficar diferente por causa das Companhias Mútuas e das casas de Bombons que são umas verdadeiras roubalheiras mas que em compensação aí construíram os primeiros arranha-céus que nem chegam à metade dos últimos arranha-céus que não chegarão decerto à metade dos futuros arranha-céus.

O Largo da Sé é, sem perigo de contestação, o ponto de conjunção das ruas 15 de Novembro e Direita que também são, sem perigo de contestação, as principais de São Paulo. De modo que as pessoas que querem fazer o célebre triângulo, seja ou por negócios e business ou para o simples e civilizado footing, passam fatalmente no Largo da Sé.

Quando um estrangeiro saudoso regressa à pátria e procura o Largo da Sé, encontra no lugar a Praça da Sé. Mas é a mesma coisa.

EFEMÉRIDES, METEMPSICOSE OU TRANSMIGRAÇÃO DE ALMAS

Serafim como um diamante no dedo da cidade, trepa no canhão que colocou graças aos acontecimentos, sobre a oscilante banana do arranha-céu, onde inutilmente se apresenta candidato a edil.

INTERMEZZO

Ora, a fornicação é deleitável...
São Tomás de Aquino — De Malo
— art. 9 — ad 7 — q III.

Dinorá a todo cérebro

ou seja

A estranha mulher do Copacabana Palace

ou seja

A ex-peitudinha do Hotel Fracaroli

ou seja

O mais belo amor de Cascanova.

— Como são finas as tuas meias!

— Malha 2360.

— São duráveis?

— Duram três, quatro horas...

O mar lá fora urra querendo entrar em Guanabara.

— Não. Lindas são as minhas calças. Olha, ninguém tem este recortezinho... Mas como estás mudo... sem espírito...

— Comovido porque te conquistei...

— Não. Não é uma conquista...

— Que é então?

— Uma revanche...

— De que?

— Da vida.

O telefone estraçalha o silêncio.

— Alô! Quem é? O tintureiro? Faça subi-lo! Espere! Não faça não! Recebo-o amanhã às três e meia...

Lá fora o mar.

O mar sem par. Serafim amanhece. Ela o envolve, o laça. É uma mãozinha que tem cara, cabelos de recém-nascido à la garçonne.

— Te esmigalharei como um pequenino inseto...

— Levada!

Bocas que se beijam como nos melhores folhetins do planeta Marte, que se lambem como nos melhores canis.

— Não! Fui eu o blefado! Eu que tenho uma trágica experiência do amor! Eu que me acreditava cínico para o resto da vida!

É um pijama que dá guinchos, ironias, pinotes. Ela o acompanha de primeira fila.

— Sentir que o coração se comprometeu nesta vasta aventura de três dias! Perguntaste-me se te quero um pouco. Amo-te! Porque és a resposta no vasto diálogo telefônico da vida! Falaste-me em embelezar os dias que passam. Com outra, eu teria rido às bandeiras despregadas! Mas a tua simpleza... a tua naturalidade...

— Bárbaro!

— Não! Oh! Porque te prendo na atmosfera que tu mesma criaste. Porque te reduzo à menina permanente, curiosa, sentimental que existe em toda mulher!

Lá fora o mar. De par em par. Ela baixou a cabeça. Perdeu a sintaxe do coração e as calças.

— Nunca julguei que fosses tão forte!

Serafim vai à janela e qual Narciso vê, no espelho das águas, o forte de Copacabana.

NO ELEMENTO SEDATIVO

onde

se narra a viagem do Steam Ship
ROMPE-NUVE por diversos oceanos.

Mundo não tem portera

Burrada e paquebot

Na véspera da Pascoela, se tendo abalado em fuga com um fígaro de damas Dona Dinorá — o nosso herói por sua vez toma bordo e barco a querosene e vela no Steam Ship Rompe-Nuve, luxuoso e rápido paquete que seu fiel secretário José Ramos Góes Pinto Calçudo pasmara em ver com a fumaça de seus três apitos, nas folhas e cartazes do Rio de Janeiro.

Manobra a nau contra o vento traquete e põe olho Serafim em mulher viúva e moça a palrar com garboso oficial sobre o outeiro do Pão de Açúcar. Pensa d'aí em Doroteia longínqua e com as mãos enclavinhadas no tombadilho, urra vindita sem sequer ver a paisagem.

Literaturas de bombordo

Na manhã seguinte, tendo-se-lhe dado uns engulhos, ei-lo que deita carga ao mar. E sarando percebe a ausência de bibliotecas, pois o paquebot as não possui. Reclama de seu secretário José Ramos Góes Pinto Calçudo, na mescla prostituída da segunda classe, um livro; e este dá-lhe um dicionário de bolso de sua lavra para não confundir nem esquecer as pessoas que conhece ou conheceu.

A

Adelina Cinira — Atriz que amei em silêncio.

Amélia — Minha ama-de-leite.

Amelinha — Filha da precedente.

Arnaldo Bicudo — Célebre pintor de letreiros.

Aguiar Nogueira (Dr.) — Médico gordo que me curou de recaída de gonorreia.

Adauta Bernardelli Schubert — Professora sistema Berlitz. Ia sempre passar os domingos e dias santos nua no mato, segundo os civilizados costumes da Europa.

Arary (Dr.) — Padrasto de meu amigo de infância Juquinha.

B

Belmiro — Sujeito que conheço pouco.

Birimba — Pirata da Repartição e vendedor de cocaína. Acaba na cadeia. A sua fama entre as moças é porque é baliza do Sport Club Sírio e nos dias de parada sai na frente seminu, mexendo aquele negócio.

C

Carlos Florêncio — Grande poeta inédito falecido na flor da idade.

Claudina Rios — Moça de cara grande que vivia na janela e acabou freira.

Dona Bataclina Benevides — Conheço-a de legenda. Ex-sogra longe do meu prezado amigo e chefe Serafim Ponte Grande.

Carlindoga — Exemplo da indignidade humana!

Carolina — Casada com Seu Tadeu. Eu às vezes vou lá, dar uma prosa, depois do jantar.

Padre Carrão — Sacerdote da religião católica. Um pouco jesuíta

Dr. Carlos Bretas — Deputado do povo!

D

Doroteia Gomes — Sapo e nuvem.

Diva Ismênia — Sonho que embeleza a adolescência trágica do poeta Carlos Florêncio. Se tivesse coração, se suicidava.

Domiciano Bombeiro — Herói das chamas!

E

Seu Efigênio — Marido da Gija.

F

Filomena — Sujeita amalucada.

Mme. Firmina — Estrela de primeira grandeza da Companhia de Óperas e Operetas Salvaterra. Pernas dignas de museu!

G

Dona Guiomar — Senhora importante da sociedade. Conheço-a de ouvido.

H

Helena — Filha de Seu Hipólito.

Henriqueta — Irmã da precedente.

Hipólito — Pai das duas.

I

Inácio — Preto de pé escarrapachado. Foi empregado do Dr. Quincas.

J

José Ramos Góes Pinto Calçudo — Autor deste modesto baedecker anésico.

João — Diversos.

Justiniano — Criado da Pensão do Galo, onde passei a residir.

K

Kohler — Sábio alemão e massagista. Meu vizinho de quarto.

Kathe — Baleia que amei uns tempos.

Seu Kuk — Alemão que fazia criação de gatos de raça. Faziam troça com o seu homônimo corporal.

L

Lino — Garganta.

Lulu Jangada — "Arbitus elegansiorum"! Seu campo de ação é o Triângulo.

Dona Lalá — Jovem e carinhosa esposa de meu prezado colega e particular amigo Serafim Ponte Grande.

O que lendo o nosso herói fecha fragorosamente nessa página o índice e o atira às águas revoltas do oceano exclamando:

— Pintérrimo, tu erraste!

Onde se constata a existência de Mariquinhas Navegadeira, pesando 41 quilogramas e precavida de 25 tickets correspondentes a outras tantas boias na Cidade-Luz, para onde vai de mudança.

Destorcida e airosa compatriota de Serafim, ei-la senhorita e só que se abeira da mesa central do barbaças comandante e dono do navio.

— Bom dia, cavaleiros!

São sorrisos, olhares, exames. Ela levanta cuidadosamente a saia atrás e senta-se com desenvoltura, face a nosso herói. Ao seu lado, escarrapacha-se bebericando vinho o desertor da Grande Guerra, Capitão Leão.

Mariquinhas navega. Navega Mariquinhas Navegadeira.

E se queixa de que a foram indecorosamente espiar pelos óculos da Casinha de bordo, quando em acrobáticas posturas.

O Comandante sorri como Noé e Capitão Leão comenta, julgando estranho o caso:

— Nunca isso me aconteceu na vida! Até esta idade, ninguém me espiou nesse lugar!

Mariquinhas navega. Navega Mariquinhas Navegadeira.

De como Pinto Calçudo querendo fazer esporte, enfia no óculo da cabina um pau comprido e rema, produzindo um grave desvio na rota do transatlântico que aporta inesperadamente ao Congo Belga.

O reverendo de bordo sentado na sua cadeira de vime e lona, relê outra vez o sermão de São Pacômio, de que tinha perdido a página.

Capitão Leão insiste junto a inconquistada Mariquinhas para que veja a linha do Equador, oferecendo-lhe óculos de grande alcance.

Alhures, discute-se sobre a Guerra de Troia que durou dez anos por causa das descomposturas antes dos combates.

Quando do mais alto mastaréu, o vigilante vigia descobre uma trave de enxofre no mar das descobertas. A nova se espalha comovidamente.

— Terra! É Jerusalém!

— Não!

— É México!

— É Guaratinguetá!

Então, o dono do navio tomando de um altifalante, explica que devido a uma pane na bússola e a insidiosa atuação do vento boroeste, estão à vista de um continente ignorado nas cartas e talvez longe dos roteiros habitados. E acresce aos brados:

— Sus! Ânimo! Eia! Ladies & Gentlemen! A esperança nos salvará deste temeroso engano e nos levará a contento a terras do Setentrião, onde a vossa chegada fará notório o esforço que obrarmos!

A fim de trazer uma recordação do povoado chamado Congo Belga, negoceiam Pinto Calçudo e seu amo um saboroso e gran cus-cus, antes do embarque.

E vendo de novo do lado estibordo a desolação verdolenga do mar que parece o Pássaro Sem Fim, o nosso herói recosta a cabeça, morde o salva-vidas e chora de saudades de Doroteia, seguindo o exemplo do Último Hamlet que de botas e esporas, também soluça na Cabina P. 2.721 Deck D J — V P., por causa de outra marafona, recolhida pelos pais a um convento de freiras em Buenos Aires.

Em que se acabam as bolachas do Rompe-Nuve e do remédio que a isso se dá.

A criada de bordo verifica na dispensa que Pinto Calçudo e o Último Hamlet avançaram nos derradeiros quilos de finas bolachas inglesas tão geralmente apreciadas nos five-o-clock dançantes de bordo.

Serafim Ponte Grande, arguido e vexado, oferece em palinódia o seu apetecido cus-cus que é logo aceito, dividido em fatias e servido na mesa do Comandante, na mesa do Guardião, na mesa do Último Hamlet, na mesa da Quiromante de Marselha, e por engano em outras mesas que ficam muito agradecidas.

Em que Pinto Calçudo tomado de pânico, revela o segredo que produziu a nefasta ida ao Congo.

Vai voz geral e consternada de que o navio não anda e em lugar de seguir a rota do Norte, bordeja na direção Sul-Este-Noroeste. Um violinista irrompido da terceira classe harpeja noturnamente o Jocelyn para a Quiromante de Marselha que goza a calmaria. A nau é uma rocha quieta sob as mesmas bambinelas celestes. Estrelas sufocadas e enormes espiam-na com ironia. Estão já todos confessados e prontos para falecer.

Eis senão quando na atenciosa madrugada, José Ramos Góes Pinto Calçudo que se conservara insone de camisola, vai bater resolutas pancadas no confessionário do padre que acordado se diverte ouvindo as matinas de um gramofone.

— Meu pai! esconjura o recém-aparecido. Pare essa carangueijola! Como vejo que esta encrenca não desamarra, o melhor mesmo é confessar e comungar! Mas a deficiência das instalações desportivas deste transatlântico é que me fez ter a horrível lembrança do que planejei e consumei. Fui eu, fui eu meu Pai, que virei o Rompe-Nuve para as fornalhas do árido continente. Minhas clavículas e bíceps careciam de remar. Passei um pau comprido pelo óculo do camarote...

Padre Narciso surge em ceroulas de cadarço.

— Cadê o pau, meu filho? Onde está o pau?

O infeliz soluça de joelhos.

— Atirei o pau no Atlântico!

A primeira providência tomada em conselho pelos maiores, Guardião, Mestre, Contramestre e Jota-Piloto é campear o pau perdido nas ondas.

Mas como Pinto Calçudo posto a ferros quentes, descreve o fatídico remo como sendo apenas um corrimão de escada, furtado na calada da noite, ordem se dá para que tudo que seja pau, varejão, porrete, mastro, mastaréu, taquara, verga, chuço ou manguara seja urgentemente arrancado e enfiado a título de remo, nos óculos das cabinas.

E os turistas a postos mergulham esperançosamente as hélices pontiagudas na massa inerte do líquido estafermo.

Transformado em galera e fazendo força nas máquinas o Steam Ship alcança enfim mares ventosos em regozijo de que se dá sessão de cinema, seguida de um leilão de prendas.

O Rompe-Nuve atinge o 315° de latitude noroeste, dá uma culapada e apita. Todos constatam estomacalmente que o navio abriu na sola. Nosso herói é o primeiro a ter náuseas. Em pleno *dining-room*, espirra do nariz sobre um prato de couves a massa branca do almoço mal digerido e apressadamente os stewards e stewardesses o conduzem de maca para a cabina.

À noite, a pedido de diversas famílias o Rompe-Nuve para da volada em que vai, a fim de se promover uma exibição de films que é levada no alto da chaminé do navio para todos enxergarem e rirem, seguindo-se depois um disputado leilão de prendas, em que o secretário de nosso herói revela e mostra as suas capacidades de leiloeiro.

De como um papiloma chamado berruga vegeta inopinadamen-
te na cabeça de Pinto Calçudo e dos transes que ele vem a passar.

Todas as manhãs, na ânsia de descobrir portos, ilhas e continentes, o ativo secretário resgatado pelo ouro de Serafim trepa no pau-de--sebo da proa e espia improficuamente os horizontes uniformes.

O grumete que dá a mão na escada delicadamente o interroga sobre a natureza e origem da protuberância que se espevita dentre seus ralos cabelos.

Pinto Calçudo coloca rapidamente a mão no crânio e sente um calombo duro. Procura inutilmente torcê-lo e arrancá-lo. Horrorizado busca um espelho com a Quiromante de Marselha, depois outro maior com Mariquinhas Navegadeira.

— É uma berruga, dizem todos unissonamente.

O médico de bordo, chamado e acudindo, vai consultar os seus livros e declara que a berruga chama-se Papiloma.

Pinto Calçudo ardendo em febre e apalpando a sua calosidade nojenta e mole, é conduzido na maca atrás referida até os portões da enfermaria que se abrem e se fecham com estrondo como o Inferno de Dante.

Para não ouvir a conferência clínica, dão-lhe um cristal de narcótico.

Depois de uma calorosa discussão, concordam que o paciente está impaciente devido a uma súbita e extemporânea apendicite no osso interior da cabeça também chamado esterno cleido--mastóideo ou seja ápice da oto-rino-laringologia.

De como o impávido Capitão Leão após ter produzido um soneto
se atira ao pélago verde-mar pela vigia do bergantim.

Eis senão quando o mocinho serviçal do salão de barbeiro tendo ensaboado as bochechas periclitantes do ínclito militar em questão, entabola com ele o seguinte diálogo:

— Então seu Capitão, tem gozado muito as pequenas de bordo? Vieram me dizer que o senhor não casa com Dona Mariquinhas Navegadeira porque ela corta o cabelo *à la caniche*!

— Mas ela parece ser uma moça séria!

— Que séria! A primeira vez que entrar aqui com parte de pentear as pestanas, eu depinduro nos beiços!

— Mas ela é virgem...

— Virgem? Só se for do sovaco! Pois eu conheço um alfaiate que passou um mês e meio com ela, em Santos, fazendo todos os números.

O Capitão visivelmente traumatizado deixa-se inundar de pó-de-arroz Azurea, de loção Anticaspa e de extrato de Melancia orgânica.

Chegado ao beliche, toma de uma máquina de escrever e assim começa os catorze versos de um soneto:

Nunca pensei que tu não fosses virgem!

Findo o qual, bebe de um trago o vidro de tinta e afunda de cabeça na cabaça do oceano, rompendo com o baque o pesado silêncio da navegação, tendo antes lançado uma última grelada para a fatal cabina de Mariquinhas Navegadeira.

Onde o aparelho de telegrafia sem fios incapacitado de transmissões pela distância que o barco guarda de terra a terra, acha a sua finalidade na berruga atrás descrita.

A esse tempo os médicos enfiam inutilmente os seus afiados facões na berruga epidêmica de Pinto Calçudo que deita sangue, espirra caldos mas não cede.

Em nova conferência, os esculápios comentam e aprofundam o estranho caso.

— Para mim trata-se de um simples tumor inchado...

— E se fosse uma mordida da mosca Tsé-tsé?

— Ora, caro colega, o paciente continua acordado e trêfego.

— Que idade terá ele?

— Mistério tão grave como o da virgindade da Dona Mariquinhas!

— E se empregássemos a eletrocussão parcial?

Todos concordam num gesto unânime e ordens são dadas para que chovam raios de T.S.F. sobre a pontiaguda excrescência.

Logo para as grandes festanças de bordo, comemorativas da passagem da linha do Equador, improvisa-se uma enorme piscina sem peixes nem caranguejos, nem siris.

Aí, Pinto Calçudo passa nu horas e horas, impedindo que as damas se utilizem de tão agradável refrescante, aliás infeccionado pela sua asquerosa berruga.

Chegada a hora da Festa de Netuno, o nosso secretário com umas barbas postiças faz de Deus dos Mares e a graciosa Mariquinhas de Deusa dos Ventos, jogando n'água Serafim e outros inexpertos viajantes, sob o jocoso pretexto de batizá-los.

No banquete o resto do champagne do Rompe-Nuve espouca e baba nas taças. Mariquinhas e Pinto Calçudo entoam de mãos dadas o célebre duetto do Rigoletto, no que são interrompidos de furiosos aplausos e bises.

De como Pinto Calçudo querendo fazer o "Olho do Porco" produz um desenho imoral pelo que é de novo posto a ferros.

Logo uma comissão de moças vestidas de azul e branco vem chamar o trêfego e popular secretário para a disputa final dos brincos de bordo.

Ele abandona a mesinha do bar, onde jogava dados com o Último Hamlet que por sinal anda sempre de botas lustrosas de montar. E tratando-se de desenhar o "Olho do Porco" de cara vendada, Pinto Calçudo não tarda em produzir no soalho do tombadilho uma piroquinha, razão por que o Capitão apita, o Rompe-Nuve estaca e quatro robustos marinheiros o agarram e trancafiam nas masmorras do porão.

Onde a berruga intercepta um radiograma em que se fala de piratas e do doce alvoroço que isso causa a bordo das cabinas femininas.

A providencial e horrenda berruga do malogrado secretário faz com que não muito se prolongue o seu segundo cativeiro.

Mais que ninguém, após o sucesso do duetto do Rigoletto, a jovem e apreciada Mariquinhas Navegadeira inquieta-se pela evolução clínica do papiloma que todas as manhãs é estralejado de raios na cabina telegráfica sem fios. E consegue um vale do Comandante para acompanhá-lo como fiel enfermeira de avental e bidê, piedosamente seguida pelo Último Hamlet.

Num lindo ocaso, estão todos locupletados de gin, cantando ao ar livre, em redor do piano onde gaiatamente se senta Padre Narciso.

Eis quando pálida e trêmula, entra Mariquinhas Navegadeira relatando que Pinto Calçudo recebeu na sua antena encefálica um rádio anunciando a presença de piratas, trágica nova que circula no Rompe-Nuve, deixando todas as passageiras geladas de apreensivo e falso horror.

De como Pinto Calçudo por causa do jogo de futebol promete cortar um argentino de alto a baixo, com uma afiada navalha de barba que mostra e faz reluzir.

— Pois é o que lhe digo. Era uma vez o tal Dom Juanito no primeiro porto nacional em que descermos!

Enquanto Pinto Calçudo assim se expande para um parceiro de poker chamado Paulino Guedes, o argentino reúne um luzido grupo de senhoras e senhoritas no bar e oferta-lhes cocktails, mandando convidar o zangado brasileiro a fim de terminar a briga em risonha tertúlia. Mas Pinto Calçudo dobra-lhe duras e indignadas bananas.

Muito diversamente, o nosso herói entregue a nobres cogitações, produz os seguintes versos que passam de mãos em mãos com justos louvores.

POESIA DE BORDO

A noite desce qual um pássaro inclemente.
Sobre a gran vasta amplidão.
Nem uma canoa no grave horizonte marinho.
Só zéfiro acaricia.
O crepe-santé da água quando tudo invade.
O manto da Nostalgia.
Numa lúrida e doentia
Mas agridoce saudade.

Assi a noute cai
Assi a noute vai
Estão todos roncando nas cabinas
Só vivem e resfolegam
Do navio as usinas
Co seus vastos pulmões
Remexendo os porões

Mas numa beleza pagã
Logo ressurge a manhã
Co seu loiro clarão

Tudo são cantos
Tudo são gritos
Tudo são mantos
De luz e apitos
Às vezes... do Capitão

Movietone
ou
*Interpelação de Serafim e definitiva quebra
de relações com Pinto Calçudo*

Aparecido que foi o frio anunciando o porto de Marselha, os passageiros do Rompe-Nuve num só gesto põem luvas, echarpes,
sobretudos e agasalhos que fazem a sua aparição com as dobras e
os fedores das malas.

Na noite estrepitosa Serafim passeia para cá e para lá. Che-
gam-lhe os ruídos da farra de despedida em que a voz nasal de
Pinto Calçudo tudo domina, produzindo balbúrdia e riso.

Vendo-o levantar-se tragando um cigarrinho e se dirigir ao W. C. o nosso herói intercepta-lhe a marcha e passa-se entre ambos o seguinte diálogo:

— Venha cá...

— Agora não posso. Estou com famílias.

Mas Serafim insiste; dirige-se atrás dele até o reservado dos homens e grita-lhe:

— Diga-me uma coisa. Quem é neste livro o personagem principal? Eu ou você?

Pinto Calçudo como única resposta solta com toda a força um traque, pelo que é imediatamente posto para fora do romance.

CÉREBRO, CORAÇÃO E PAVIO

onde havia muitos Tigres, Leoens, e todo
o outro genero de Alimarias nocivas

Historia Tragico-Maritima

Um mês após, um homem trajando violentas polainas demi-saison subia calmamente a Avenue des Champs Elysées em Paris. Os leitores já terão adivinhado que era Serafim Ponte Grande.

Sob o elefante pedrês da Étoile, descobriu-se ante a flama do Sovenir e pela portinhola do Arco em espiral subiu setenta e quatro degraus.

Paris ajoelhou a seus pés coberto de lagartixas arborizadas.

Ele, então dirigiu-lhe este ora viva!

— Fornalha e pêssego! Domingo de semi-deusas! Egito dos faraós! Roma de Garibaldi! Dás dobrado o que as outras capitais oferecem! Ao menos, dentro de tuas muralhas, se pode trepar sossegado!

PERN' INO

Saia branca
Engomada
Das avós brasileiras
Repolho de pecados
Fábrica de suores
Ninho de bebês
Onde estás?

Em que arca?
Saia de dançarina
Das senhoras honestas
De meu século
Rala
Pétala
Vais subindo
E deixando ver
Nas ruas, nos bars, nos automóveis
Os troncos florestais
Onde eu mergulho

Pernas
Pra que te quero!

NA ROTONDE

Um garçon apressado lhe serve num copo leite coloidal com chicória azul, do outro lado do Sena. Ele bolina imediatamente as senhoritas Tzatzá, Chipette e Dedê e com elas passeia e faz confidências.

Tzatzá e o chinês das fourrures. Chipette e o preto dos tapas. Dedê e Serafim dos bons modos.

Estamos em Montparnasse.

PATINAGEM

Grudam-lhe lâminas nas sólidas patas e soltam-no como um palhaço para gozo de Dona Lalá.

O Palais de Glace funciona na música.

NOITE DE ESTOPA

Serafim entre as pernas de uma radiola. 3 horas e 21 minutos nos relógios deitados. Silêncio de nozes.

Ela — Como você ronca!

Ela — Vou dormir com a cabeça nos pés!

Ela — Vou mesmo...

Ela — Você não ouve?

Ela — Melhor é dormir com a cabeça na sua barriga...

Ela — Você não quer?

Levanta-se. Acende um cigarro. Serafim começa a sonhar que está andando a cavalo num campo verde.

DECEPÇÃO D'AMOR

Nas 24 horas seguintes, ele tropica numa italiana cinematizada do Hotel Lutetia e combina de jantar e suarem juntos. Mas quando ele foi buscá-la num elegante táxi, ela fugira nos abraços de um gigante para o Alcatrão da Noruega.

ÉPOCA MAQUINISTA

— Major Duna Sabre, ex-ferido da Conflagração! Apareço-lhe no meu papel. O de vir ao seu luxuoso hotel, oferecer-lhe, já que está na Cidade-Luz, a última invenção dos incendiados bolevares! A Maquininha do Livre Arbítrio! Nem mais nem menos. Funciona como fonola, também como radiola! E como Paris-viril. No segundo centenário de Kant, fui eu que instalei a primeira em Koenigsberg! O professor Freud, de Viena, encomendou-me sete dúzias! Trabalha com pilhas secas. No automóvel, no autobus, no avião, no watercloset! Decide as indecisões! Mata na cabeça as abulias! Diverte, remoça, espevita! Eu acho-me no meu papel. Shopingar a domicílio...

Serafim paga e põe o vendedor no olho da rua. Depois desenrola a máquina, liga os fios, libera as antenas, recoloca os fusíveis. Depois, deposita-lhe na greta o nome, a idade, o sexo e uma moeda de 200 réis. Depois escuta como uma lâmpada elétrica.

É uma complicação de logaritmos e silvos, um berreiro de Klaxons e diversos buracos de olhos.

— Volta para o regaço de Joaninha, a insone! Essa te ama com os vinte anos de Mistinguette, anônimos e doloridos. Todas as noites veste o pijaminho que lhe compraste nas Galeries Lafayette e soca uma bronha em tua honra!

Serafim entre pundonoroso e encantado para a imoral.

OS DRAMAS DA ÓPERA

Carta para ser lida daqui a oito dias, quando eu estiver completamente morta e podre!

Minha querida mamãe natural.

Esta noite, mais do que nunca, sinto-me só, brava e reganhada! Só verto sorvetes de sangue pelos olhos, pelos lábios e pela boca. Nem tenho mais coragem, nem fé, nem nickel!

Depois que me encontrei Chez Hippolite, com o infame brasileiro Dom Serafim que diz que é nobre! sou uma bacia, uma taramela!

Joaninha

DO OUTRO LADO DA PAREDE

Meu laço de botina.

Recebi a tua comunicação, escrita do beiral da viragem sempieterna. Foi um tiro no alvo do coração, se bem que ele já esteja treinado.

A culpa de tudo quem tem-n'a é esse bandido desse Coronel do Exército Brasileiro que nos inflicitou! Reflete antes de te matares! Reflete Joaninha. Principalmente se ainda é tempo! És uma tarada.

Quando te conheci, Chez Hippolyte querias falecer dia e noite.

Enfim, adeus.

Nunca te esquecerei. *Never more!* como dizem os corvos.

João da Slavônia.

CÚCEGAS

Na mesa perniciosa do Barão Tapavento, Dona Branca Clara, rainha da beleza, belisca-o. Por quê? Por que Dona Branca Clara o beliscaste-o?

Mas ei-la que sorri como um isqueiro:

— Escuche Dom Serafim. Eu lhe falo com todo o descaramento de que uma católica fogosa é capaz. Um homem só bolina e diz que ama para fazer da protagonista duas coisas — ou sua esposa ou sua sobrancelha...

Serafim some pelo escapamento

O AMOR — POESIA FUTURISTA

A Dona Branca Clara

Tome-se duas dúzias de beijocas
Acrescente-se uma dose de manteiga do Desejo
Adicione-se três gramas de polvilho do Ciúme
Deite-se quatro coleres de açúcar da Melancolia
Coloque-se dois ovos.
Agite-se com o braço da Fatalidade
E dê de duas horas em duas horas marcadas
No relógio de um ponteiro só!

MISSIVA A UM CORNO

Coronel
    Enganei-lhe com um cavalheiro ignorado. Foi devido a um *coup-de-foudre*! Subi ao quarto dele, na Rua dos Mártires. Fiz o amor e tive uma grande desilusão.
                                        Joana a louca
P. S. Creio que estou grávida! O pai deve ser S. Excia. o fura-camisas!

NUIT DE CHINE

    — Branca, oh Branca Clara! Que posso esperar enfim, depois de tanta sala de espera?
    — Mas que deseja?
    — Tudo!
    Silêncio de terceira velocidade. O chauffeur penetra no Chinês.

Na sala verde, bojuda e letrada, orientais e lanternas param em danças esfregantes, em danças pululantes. Um inglês velho mergulha no uísque invisível duma espécie de midinette turca com olheiras. Enquanto uma miss esbelta atravessa a nado o canal e chama o chamado do Oriente como um cachorro para copular depressa, de óculos.

— Sabe de que mais, Dom Serafim, todos os homens que se aproximaram de mim até hoje, brocharam. Todos!

DIETA

No céu quente da Lorena, há um cheiro de pinheirais dos Vosges, outro de fromage à la crème e outros cheiros.

É quando uma francesa pintada de inglesa briga com o Pavilhão de Ceres, donde tira carinhosamente um animalzinho achado nas ruas internacionais de Deauville, o ano passado. E dá-lho ao nosso herói como recompensa de ter-lhe apalpado as pernas num autobus.

O cachorrinho é branco malhado de marrom como convém a um legítimo papa-ovo.

Comovidamente e orgulhoso, o neo-proprietário batiza-o de Serafim Ponte Pequena. E leva-o laçado nas areias das aleias, projetando sorrateiramente com ele afrontar num táxi do Marne, a Avenue des Acacias.

O IMPÉRIO DE BABILÔNIA

— Sê pirata! Bordeliza os automóveis! As mulheres de teu século não usam calças e são cabeludas como recém-nascidos!

Aventura e noitada com Madame Xavier, também conhecida na distinta colônia brasileira de Paris por "A Senhora Cocaína"

Um quarto. Uma cama. Um boião do tamanho da unha. Pompeque amarrado. Uma saudade de João do Rio.

— Vamos tomar o trocinho, meu bem?

— Vamos...

Abrem o frasco hospitalar. Mergulham na atração imponderável, como baratas.

— Fala-me de tua imensa chance...

— Que chance?

— A tua fortuna!

— Ahn! Umas terras que herdei no Rio do Peixe.

Vácuo de pedra-pomes. Mais trocinho.

Uma atração sexual nas lâminas sem peso. A ronda das fechaduras atrás dos trincos. Um frio estupefato, de nariz duro. Os corações maratonam como sexos.

Pompeque assusta e ainda lambuzada ela lhe pergunta o que pensa da atitude de Benjamin Constant para com o imperador.

— Não foi um ingrato?!

BAR AUTOMÁTICO

— Fivom! Roo! Este negócio de cocktail e cachorrinho acaba é na cadeia! Perdeste meio milhão de francos papel na roleta viciada de Cannes! E de Dona Branca Clara, a Geladeira, nada conseguiste! Fizeste feio como os outros! O Barão Tapavento engoliu-te com pompa!

MORALIDADE

Serafim admira de alto a baixo aquele suntuoso príncipe russo que o chamou no chá-tangô para o combinado encontro de Dona Branca Clara. Resta-lhe apenas da antiga nobreza uma segurança tranquila de cáften internacional.

A AULA

Serafim — Gosta você de cabeça de Medusa?

A aluna — Pará comêr nos sentamôs deante da mesá nos pomôs uma guardanapô nos petôs.

Serafim — Gosta você, cenorita, do cheiro do gás?

A aluna — Náo! Eu náo gostô do cherodogás porque é deságra--vadel!

Serafim — Toma você o lête com azucár?

A aluna — Sim. Eu tomô o lête com azucár. O relójo tem duas ponteiros, uma grande e uma curto.

Serafim — Gosta você do professor?

A aluna — A-pi-za-do-pro-fe-zor-é-de-lei-ta-vél!

O relógio intervém. Confusão de línguas.

FLORIDÁ

Branca Clara na mesa do Maharadjah! Súbito levanta para dançar nos seus amplexos. Diabólica, vermelha, saída de Chanel ou de um tímpano de mágica. Ilustração de catecismo, o inferno escancarado no lampadário da terra, o teto extravasando até o céu.

Tropeçam na bolina sindical, champanhizada, na absolvição das terras sem pecado, no cheiro da música mestiça. Ele a palpa aos metros sobre as flores quadradas do vidro rubro. Balanças machas pesam-lhe as bouillottes dos seios, compassos de tango medem-lhe os músculos das coxas, orçam-lhe os mais peludos segredos. Serafim quebra como um arco, como um estilingue, como uma frecha, como um banco.

Em cima, Deus Nosso Senhor tendo ouvido os gritos da música, abençoa os pares de Floridá e remete anjos vestidos de garçons jogarem sobre Paris bolas azuis, bonecas e teteias.

NOTURNO

— Ih! Ih! Como eu sou uma grande desinfeliz!
— Por que madama? Conte-me o seu romance!
— Nós tínhamos uma fábrica de sapatos mas meu marido pôs tudo fora... na belote!
— O que ele fazia?
— Era aviador de loopings. Mas não me apalpe!
Magine se Madame Cleo de Merode me visse!

SERAFIM MENESTREL

Dona Branca Clara.

Oh! Não vos recuseis, Senhora! Peço-lhe apenas um après-midi de vossa vida. Que é afinal de contas um après-midi? Nos separaremos ao depois. Mas levareis no vosso corpo o orgulho de teres sida amada.

O orgulho de teres sida amada por um legítimo brasileiro. A senhora sabe que um brasileiro é geralmente diferente dos outros.

E além disso por um poeta. Os poetas — já o disse Dante — são aspirinas de loucura e de ferro velho!

Guardareis no fundo do vosso coração e do vosso sexo a baita lembrança desse après-midi.

É o que, de joelhos, soluçando, peço-lhe.

E.R.M.

De Da Ponte Grande

Depois de devidamente selada no envelope com uma estampilha federal de 2$500, e reconhecida a firma, a missiva é entregue ao groom do hotel.

RÉPLICA

Senhor.

Não continue! Por quem é! Por alma de sua mãe! Não me faça mandinga!

Vossa gentil missiva, pôs-me em grave "peligro". Decejo partir, fugir, fazer o golf, jogar peteca, me distrair, levar a breca!

Branca Clara

MADRID

Mulheres fendidas colocam pandeiros nos corações dançarinos, com cabelos de peopaias, sob as árvores degoladas no verão.

No espaço das mesas bem toalhadas, mulheres sincopam como bandeiras, como dínamos nos braços esmaltados de São Guido.

Sob as árvores soltas do verão, debaixo dos balões cativos das lanternas.

A orquestra mistura falas, altifalantes, serrotes e gaitinhas.

Ele a desfolha do fundo dos pampas, em função de nostalgias aritméticas. Ela encheu-lhe os bolsos dos mais caros Sullivan com algodão drogado, dos mais finos Philipp Morris.

Quando os foquestrotes mudam da languidez balanceada para pernas de passos longos com uma tábua na cabeça de hemisférios engastados.

Serafim segura o hálito de Branca Clara, os cabelos de todo o corpo depilado, o ventre que indica o gelo central da terra.

INTERNATIONAL-SUMMER

Nove horas de verão. A tarde provinciana demora a ver se vê os efeitos luminosos. Caçadores de vermelho povoam de fornos a tarde metálica sobre o cabo da torre em luva de Champagne.

Do outro lado, sobre a Torre vertical de Paris, uma radiola foquestrota para outros planetas.

Enquanto isso, a Torre Eiffel descobre para que foi feita e pisca o b-a-bá de Citroën.

A lua medalha em prata a Exposição das Artes Decorativas. Ano 25. Século de Serafim ou da Fortuna Mal Adquirida.

CONVOCAÇÃO

Nº 13.

Tribunal dos Cachorros, 7 de junho.

Departamento da Velocidade a pé.

O Sr. Esparramado, juiz de Instrucção, convida o Ilmo. Sr. Serafim da Ponte Grande a comparecer ao seu Gabinete, no Palácio da Deusa Justiça e outros veículos, a fim de darem uma prosa a respeito do cachorrinho Pompeque.

GIGOLOTAGEM

No Perroquet vendo-o dançar o visceral charlestão com as porcelanas renovadas por um dentista épatant, já se chuchotava interrogativamente de grupo a mesa:

— Quem será esse novo e estranho professor?

MUSICÓL

A floresta brasílica e outras florestas. Mulheres fertilizantes conduzem colunas, arquiteturas e hortaliças. Música, maestro! Matéria orgânica! Corbeilles monumentais atiram do sétimo céu dos copos brancos ananases de negras nuas. Periquitos, ursos, onças, avestruzes, a animal animalada. Rosáceas sobre aspargos da plateia. Condimentos. As partes pudendas nos refletores. Síncopes sapateiam cubismos, deslocações. Alterando as geometrias. Tudo se organiza, se junta coletivo, simultâneo e nuzinho, uma cobra, uma fita, uma guirlanda, uma equação, passos suecos, guinchos argentinos.

Serafim, a vida é essa.

PNEUMÁTICO

Um almoço oficial no Ritz com diversos banqueiros e algumas celebridades homossexuais impediu-me de vos-tê-la na ponta do fio, a uma hora.

Paris está horrível. Cheio de amas de leite e sem leite, desembarcadas do canal.

Do teu
Pequenérrimo

SERAFIM NO PRETÓRIO

O BORDEL DE TÊMIS
ou
DO PEDIGREE DE POMPEQUE

Salomão — Vocês aqui em França têm o hábito de substituírem os meninos e meninas pelos cachorros e cachorras.

Serafim — Eu não sou de França, Excelência! Venho através de algumas caldeações, procurando refinar o tronco deixado numa praia brasileira por uma caravela da descoberta. Tronco que se emaranhou de lianas morenas...

Salomão — Ná! Ná! Ná! Está a gracejar? Mas a mim que vivo de conhecimento e arguição do bicho homem não me ilude. Quer por ventura afirmar que o príncipe da Gran-Ventura que o Tout Paris admira vem dos sertões de Pau-a-Pique?

Serafim — São Paulo é a minha cidade natal.

Salomão — A Chicago da América do Sul. Mas nunca me convencerá que a sua desenvoltura que tão preciosa torna a sua estadia entre nós, é originária do Anhangabaú! Guarde para desespero de sua modéstia esta pequena verdade: o meu amigo vem de Florença. E sabe de que Florença? Da dos Médici!

As testemunhas sorriem e depõem. Ninguém não viu nada. Afirmam mesmo que Pompeque não foi colhido pelo auto fatídico CJCDVTH$_2$O. *O que deu-se foi que apenas o número pregou um susto no travesso mamífero. O juiz, porém, não discute. Aceita a versão queixosa e condena os imprudentes automobilistas a cem talentos de multa ouro.*

O réu-líder — Isto é que se chama uma verdadeira arbitrariedade! Um cachorro sem raça nem jaça! Papa-ovo legítimo! Um

cachorro que vivia no meio da rua, cheirando — com perdão
da palavra, dejeções cavalares!

Serafim — Não é fato. Eu tive muita e muita vez o cuidado de atravessar os bolevares nas horas de movimento com ele ao colo.

A co-ré — Senhor juiz. Foi então uma fatalidade. V. Excia. não
ignora que os automóveis são feitos para deslizar no asfalto
embriagado das vias públicas...

Serafim — Mas não para esmagar pobres e vertebrados animaluscos!

Salomão (berrando) — A argumentação do queixoso é invencível!
Confirmo a condenação conforme o art. 439 g. P.? E do Código
do Meio da Rua.

*Os réus, de cabeça baixa, retiram-se do banco dos réus e vão ao
Banco dos réis. Pagam a multa ao huissier com um cheque de
fundo falso.*

Serafim — Afirma-se no meu espírito a noção que eu sempre
formara da alta imparcialidade dos juízes de França. Viva a
França!

Salomão — Muito gentil! Très chic! Agradeço-lhe em nome da
Justiça. Mas fique sabendo que a França de hoje não é feita por
nós franceses primogênitos da Igreja — apesar de todas as
autênticas veleidades revolucionárias. Isto aqui é uma espécie
de zona neutra, onde se exercita a caligrafia sexual dos povos
liberados. Oh! Oh! Pobre Pompeque!

Serafim — Pobre Pompeque! Eu estava justamente reconstituindo a sua genealogia. Tinha chegado à conclusão de que o pai
pertencia a um florista. Gente modesta, gente que faz os animais dormirem no próprio leito conjugal. Mas, justiça seja feita, que os lava todos os sábados.

Salomão — Era um cachorro de grandes virtudes!

Serafim — Algumas... Sabia muito bem fingir que tinha falecido. E latia muito nas fortificações. Infeliz Pompeque!

Levanta-se a audiência, inserindo-se na ata um voto de profundo aborrecimento pela desmaterialização de Pompeque.

POEMA OVAL

Eu gosto de ovos
E de balas de ovos
E de ovos duros
Com linguiça alemã
E boa cerveja
Eu gosto de ovos mexidos
Poached & scrambled
Com bacon & toast
Em Londres
E chá da China
Mas gosto mais
— Lá isso gosto!
De tomar ovos quentes
Co'a Serafina

CUDELUMES

Serafim pisa as escadas subterrâneas da Rue Daunou e encontra no newyorkino zinco do bar que o espera solitário a cabeleira esguia de um jovem artista arquiteto e pintor da Grande República Estrelada da América do Norte, o qual admira os alemães pelos seus dons polissexuais.

— O uranismo entrou em franca decadência...

— Sim, a promiscuidade...

— Perfeitamente, a promiscuidade, como nos povos anteriores ao alfabeto...

Estrelas verticais passam na noite de cantos negros.

— E sobre o eterno feminino?

— Adoro as mulheres de Dumas Filho...

— E os homens?

— Os de Dumas Pai!

— Garçon! um gin seco, um side-car e especiarias!

Nosso herói oferece ao jovem moço recondução, hotel e vias urinárias.

POR ROSAIS E PAVILHÕES

Branca Clara faz a boca em canudo e chupa ele até a moleira numa quentura mole, dente no dente.

E como se perdem na longinquidade de Fontainebleau, estando a noite repleta de fantasmas no Hotel Gravurado de França e de Inglaterra, jantam em Cornebiche e conseguem um único quarto d'hotel duvidoso como o Éden.

Despiu-se brandamente como uma fada que vai dar um trocadilho. Saiu para trapos de vapores. Banhou-se em banhos da cidade de Colônia.

Soletram o luar sem lua.

MEUS 40 ANOS

Pode ser que não sejas muito elegante de longe na rua
Mas na cama
Oh! Deliras

TARAS

Apesar do sabonete inglês de verbena que aprendeu a cheirar em Deauville, apesar mesmo das cavalgatas sincrônicas no Bois, como side-car — não admite que os garçons ergam os guarda-napos caídos durante as risadas empernadas dos jantares.

VITA NUOVA

Mas eis que Branca Clara é um frio sortido no jantar pára-sol da Pomme d'Api. Caem na noite e no deserto da noite a mulher aparece no deserto da vida. Como uma víbora morena no contato bem tratado da carne.

Que serviu de tê-la tida?

A despreocupada allure azul de campo de golf em quinto chá, toca para o Claridge, toca para o Ritz, toca para o Rumfppelmeyer.

Serafim resolve posar para o busto da humanidade sofredora.

TAXÍMETRO

Quando ele lhe deu um ósculo e pegou na coxa de cetineta, a pucela Jacquy sussurrou sem boca:

— Oh! Vós me fazeis chorar!

Ele então narrou-lhe a proeza náutica de que pescara Joaninha das águas turbulentas do Sena. E subindo, sob a calça, ligeiramente tocou-lhe o mandorová. Mas ela disse:

— Oh! Vós me fazeis corar!

A berlinda passa no quilômetro 69.

— Morde minha estegomia!

SAUDADES

Entre montanhas quadrilongas, caminhos saem menstruados à procura do Brasil mas logo parapeitos da minha cidade atropelam torres antíguas que são hotéis modernos e as palmeiras são brinquedos da Rua das Palmeiras.

DE PAPAGAIO

Nosso herói para esquecer busca a Suíça como um relógio por via aérea. Na primeira classe do aerobus encontra o Governador de cavanhaque da Conchinchina que torna-se seu amigo comentando ambos com ardor o caso duma americana bêbeda de uísque que quebra a vidraça e quer jogar-se lá embaixo como Ícaro no que é impedida pelos seus criados.

— Não! Caro Senhor da Ponte Grande, mas que educação é essa, a dessas mulheres de hoje? A culpa é da Rússia! Olhe, fui soldado e fui moço e não me lembro de ter tomado uma carraspana dessas! E veja que saias. Vê-se-lhe tudo! Até os bigodes, com perdão da palavra! Às devassas, meu senhor, a terra não deve a população que tem!

PROPAGANDA

Se Dona Lalá viesse agora de saias pelo joelho, fazer as cenas indignas do começo do volume, nosso herói a fulminaria repetindo a frase do seu novo amigo, o Governador da Conchinchina.

— Não! Mas que educação é esta? Estaremos por acaso na Rússia!

SERAFIM NOS LAGOS

Pedregulhos vadios de Ouchy que nasceis entre montes de montanhas, diríeis as férias quando o trem passa para a Itália.

Sob o chalet da floresta funicular recenseada, florindo em flores, mitifones e livros.

Um gramofone sentimentaliza o planeta e a alemãzinha atira os seios como pedradas no lago.

Serafim trança o braço na cintura remexente e parte pela aleia pedregosa que pesponta os jardins.

Por ela deixaria a agitação, o furor, o bacará. Teria sua paz em pijamas, sua loira em chinelas. Mas passa o passado com Dona Lalá da Delegacia.

Seus olhos afrouxam sem corda com uma bola de tênis no sapato. Voltam competentes para as felicidades assustadas.

A Suíça é um sanatório.

CULTURIZAÇÃO

Nosso herói pede ao chauffeur que o conduza e elucide a propósito dos grandiosos monumentos que perpetuam a formosa capital do Universo Civilizado. O cinesíforo leva-o à Bastilha mas, tendo sido ela tomada pelos avós dos bolchevistas, permanece só entre bocas de metrôs um espeto de coluna.

— Aquilo lá em cima é o gênio!

— De asas?

— Certamente.

Visitam depois o Louvre, a Torre de São Jacques e o Arco da Étoile que, segundo o chauffeur, já foi derrubado várias vezes pelos comunistas e reconstruído pelos capitalistas.

Ambos concordam que a França é eterna.

CONFESSIONÁRIO

Prezado e grandissíssimo Sr. Sigismundo. De regresso a Paris encontrei minha ex-amante, Dona Branca Clara inteiramente nervosa. Vive sonhando que tem relações sexuais com Jesus Cristo e outros deuses. Isto é demais! Peço-lhe o socorro da psicanálise. Junto lhe envio o pesadelo de um dos seus espécimens ou um espécimen dos seus pesadelos.

Grato pela solução

P. G.

O aviador zangou-se. Começou falando baixo e pouco a pouco levantou a voz e tirou para fora o pênis. Eu fingi que não vi e por isso fui condenada à morte. Jesus Cristo também. Estávamos numa sala muito comprida e cheia de recados. Meio escura, meio iluminada. Tínhamos uma porção de problemas aritméticos a resolver antes de subir para nos entregarmos ao verdugo. Deixamos dois problemas para o dia seguinte. Por cansaço. Despedimo-nos. Jesus Cristo encostou-se todo em meu corpo. Eu desci no meio de escadas. Estava numa capela de colégio cheia de alunas, genuflexórios de alumínio e freiras. Que nojo! Resolvi fugir pelo fundo. Duas escadas subiam saindo de um estrado alto. Tudo preto, forrado de pano. Uma eça ao centro. Um padre enorme e horrível com uma máscara na mão. Para fugir, eu precisava tomar impulso num castiçal de madeira. Quando toquei as mãos nele para passar com as pernas abertas como num jogo de sela, uma bomba estourou e fendida fui jogada para uma altura enorme. Compreendi que tinha sido vítima de uma cilada enquanto caía desfeita em faíscas. Que dor!

RECEITA

Ilustre balaústre

Só um acordo com o subconsciente de Dona Branca Clara poderá esclarecer o magnífico negativo que tenho em mãos e revelá-lo. Parabéns pelo monstro que tem em casa. Mande-o.

Sigismundo

Diagnóstico: Dona Branca Clara é uma vítima da cristianização do Direito Romano também conhecida pelo mote de Civilização Ocidental.

Seu José, assistente

**A cabaçuda
de chez cabassud
ou
DAS AVENTURAS QUE NÃO ACONTECEM**

Ele encontra no Bois do Outono a pequena relojoeira Maudy Polpuda que possui um noivo na Côte d'Ivoire. Ela lhe diz que não acha nada feio ser rendeiro.

Ele lhe presenteia com uma bolsa encarnada de vidrilhos que na opinião dela dá-lhe um ar muito galinha. E o noivo chega da Côte d'Ivoire trazendo um dente de elefante que tem a aparência de um corno.

Vão todos ao baile de Magic-City.

LA BANANE

DANCING METAPHYSIQUE

Apesar de ter achado o Bal Nègre, última invenção, pior do que qualquer baile de quarta-feira de cinzas na Favela, nosso herói resolve dinamitar o cérebro e a memória em companhia do célebre Raymo banqueiro marital com a própria senhora sua mãe. No corredor sonoro onde reservava mesa, tem logo em frente, atrás, do lado, em cima, Carlito, Glória Swanson, Georges Carpentier, Raquel Meller, Einstein, o Dr. Epitácio e Picassô. O serrote das florestas atávicas o irmana sem barulho às orquestras mulatas e coloniais. Nem ele inutilmente disfarça. Sobre as peles despidas por Poiret, Patou, Vionet, Lanvin, calombos crescem de perlas, e verrugas verdes de safiras, guinchos de negros, copos de lamparina e de dentista e animais de todas as Áfricas vestidas se esfregam nas fêmeas brancas.

Ora, ele é da raça vadia que passa o dia na voz do violão. Sambas e queixumes. Tanguinhos de cozinheira. Valsas das cidades.

— Meu caro amigo, o Brasil é isso. Daqui a vinte anos os Estados Unidos nos imitarão.

— Só temos um inconveniente: as baratas. E também os nomes das ruas não evocam coisa nenhuma! Largo do Piques!

SURUMBA

Parece um cigarro caipira numa tabacaria de Old Bond.

Nos halls milionários sentam mulheres de pernas ginastas vestidas de defloramento, em mauve, em azul, em cardeal, em cocktail, em fumigação. Largando as cascas de papagaio e jaguatirica, para o esfregamento dos tangos matemáticos. Dos black-bottom massagistas.

Conduzidas por uma geração invertida desembarcando do cinema com óculos, cabelos engomados de índio, músculos de ring.

— I'm sorry sir!

No bolso do seu colete chamalotado por Sulka inventariar-se--ia uma palha tresmalhada de milho e um canivete Roge comprado no mercado de Mogi.

Raymo, o banqueiro, introduz nosso herói nos escritórios da Interastral Quanta & Radio Railway. No cheiro automático a bundinha de cada stenô senta-se cientificamente ante a letra dum alfabeto cego e a borracha dos papéis perfurados pneumatiza 600 mil palavras por minuto.

Relógios imperturbáveis, arcangélicos, oscilografam ameaças interplanetárias. No silêncio monumental a morte se espirala nos transformadores. Até parece a precisão dos tangos.

De repente a aláo de Serafim afunda numa cabina, salta pelo arame agudo, finca a cabeça na atmosfera, atravessa os azuis, as tempestades, as neves, os bolchevismos, escala o Everest, passa guerras, crimes, crimeias, festas antagônicas e comunica-se com Pompeque do outro lado estrelado do oceano atmosférico.

Raça dos apólogos de Machado de Assis, nunca! Dos batuques. Das batatas.

Ele é apenas o que os jesuítas estragaram — magro, desconfiado e inocente no Concerto das Nações enriquecidas pela Reforma.

Mas é o paladar mesmo da aventura.

ESTADOS UNIDOS DO BRASIL

Rios, caudais, pontes, advogados, fordes pretos, caminhos verme-
lhos, porteiras, sequilhos, músicas, mangas.
E no fundo os juncos milenários, as caravelas e os mamalucos.
Como foi! Como foi! Pinto Calçudo atolou numa francesa. No
país animal foram as senzalas que mandaram as primeiras
embaixatrizes aos leitos brancos.

BIBLIOTECA DA JUVENTUDE

—

O MERIDIANO DE GREENWICH

**ROMANCE DE CAPA E PISTOLA
EM 4 PARTES E 1 DESENLACE**

"Andando mas mas se sabe."
Cristóvão Colombo e outros comissários de bordo

I — A VIVA MORTA!

Como no bojo de cada transatlântico existe uma mulher extraordinária, na saída do porto, Serafim Ponte Grande deu de cara com a graça presente do *Conte Pilhanculo* que os conduzia à cidade de Cecília. Era uma morena, morena e moça com a boca imobilizada num acento circunflexo e uma sardinha na asa do nariz. Um birote de meigo tom encarecia o seu aquilino perfil grego. Conversava desembaraçadamente sobre câmbio e após guerra.

Na tarde seguinte pilhando-a só e triste no salão de bilhar e esperando que ela tivesse terminado uma carambola, disse-lhe com uma barretada:

— Madama, sois vós itálica?

— Não, meu senhor.

— Turca?

— Não, meu senhor.

— Venezuelana... Chinesa?

Ela esfregou o giz no taco e sussurrou:

— Eu sou a solitária!

Horas depois, conversavam interessadamente. E a conversa rodando e parando, enveredou sem tardança para as apreciações do justo valor de viver. Sendo uma entediada de alto bordo ela tentou provar-lhe que a existência de nada valia.

— A vida é uma besteira, Senhor Barão!

Houve um silêncio filosófico.

— Ao lado de Vossência! redarguiu Serafim galantemente.

Nas horas em que nosso herói se achava só, o seu coração guinchava aterrado por numerosos espectros. Sobretudo o Carlindoga e Doroteia Gomes!

Ora, uma mulher nova e bela, mais que bela, duma severa beleza, se apresentava agora à sua pornográfica imaginação. Ela existia, estava ali — viva e morta! Viva porque suas pulsações latiam como cães de fila sob a moldura da cútis num ritmo adolescente, tudo, tudo prometendo mas nada dando... E morta porque não vivia a vida estouvinhada daquela coletividade cheia de ingleses caídos em infância, às primeiras milhas de distância das leis e dos costumes da terra firme.

Os ingleses quando estão juntos sejam talvez o único povo que sabem viajar a bordo de um navio. São duas, três, quatro, até meia dúzia ou mesmo dúzia e meia de semanas de um esporte infernal que invade os corredores, as salas, as pontes, os tombadilhos, os decks, os bars, os fumoirs, os ocasos. Como se um bando de loiros piratas tivesse tomado a muque o transatlântico. Saltos, pulos, brinquedos de sela e pegador, amarelinha, pedrinha, bolinha de gasosa, laranjinha, entrudo, esconde-esconde, apalpa-apalpa, barra-manteiga, roda, gangorra, acusado, bolina e comadre — no meio do oceano atropelado.

Ela, a Ela, mantivera-se sempre afastada de lado, sem porém que a sua vislumbrada indiferença fosse impolida, hostil ou desagradável. Serafim fiscalizava-a com o rabo do olho!

Certa tarde, uma curiosidade comum os conduzira ao mesmo grupo de *badauds* que olhando comentavam os violentos esportes do dia. Justamente um argentino taleigo regressando na toda de uma corrida doidivanas inadvertidamente pregou um tranco nos dois que sem quererem se deram uma imbigada. Ela pediu desculpas, corando.

Chamava-se Dona Solanja e revelara-se de uma finíssima intelectualidade. Não fora difícil para ele, hábil manejador da psicologia feminina, diagnosticá-la. Um dia, sorvendo uma gemada no bar, disse-lhe às de queima-roupa:

— Quer saber o que de si penso, madama? A senhora é uma vítima de sigo mesma! Uma vítima impassível!

— Explicai-me, Senhor Barão!

— É-me fácil, minha senhora. Permiti-me porém uma certa desenvoltura de psicanálise que talvez no entanto não precise ir até o cinismo de certos escalpelamentos!

— Permito tudo, Senhor Barão, menos uma coisa, murmurou ela ruborizada.

Serafim tossiu, escarrou ligeiramente, passou o pé por cima, enxugou os bigodes e prosseguiu:

— Um caráter independente, caprichoso, que não encontrando nunca a felicidade-lei tranquilamente se dispôs a gozar, encerrando a existência no prazer-ânfora!

Ela sorriu como uma fechadura e disse:

— Que grande pissiquélogo o senhor me sai! Puxa!

Serafim modestamente observou em francês:

— Je suis une triste sire!

A verdade porém é que ele tomara vento diante daquela tácita aprovação. Continuou pois como um astrólogo fixando o horizonte repleto de astros invisíveis.

— A Senhora já sofreu pra burro! Mas agora não vê que sofre mais. A Senhora anda agora num estado se me permite verdadeiramente perigoso não para a Senhora, mas para o resto da humanidade masculina!

Houve um divino silêncio apenas turbado pelo barulho poético da ventania.

Mas meia hora após vendo-a meditabunda, ele ofereceu-se-lhe cavalheirescamente em holocausto:

— Minha fé de viver talvez lhe possa ser útil!

Eis porém que o contágio da tristeza dela foi mais robusto que a permanente dinamite anímica de Serafim.

Ele viu aqueles lábios feitos para dar chupões, estalar beijocas e fazer boquinhas pronunciar estas palavras tumulares:

— Para que recomeçar este jogo sem fim. Não pense que tenho medo do seu Cupido. Não! Só que não me interessa. É que nem a corrida de batatas. Nada não me interessa. Pronto!

Dirigiu-se num passo de garça para o beliche.

E o nosso pobre e distinto barão ficou olhando num vago desespero o mar malváceo, a quem já fizera versos. Vieram-lhe ao cérebro as cores negativas do Passado. E ele se pôs a raciocinar desta maneira:

— Porque, oh! porque tanta beleza junta! Porque a brancura sibilante do navio, força geométrica armada e bussolada para a visita de todas as nações? Por que? Para eu viver dentro sofrendo e penando? Penando e sofrendo?

Serafim de noite envolveu-se no smoking e foi para o bar tomar outra gemada. Mas logo achou pau estar consigo mesmo. Tornou à cabina e ficou de ceroulas. Mas só cochilou quando a homérica manhã rompeu no hublot com os pés descalços.

II — A MASCARADA FLUTUANTE

Dona Solanja não compareceu à festa que se preparara aquela noite a bordo do *Conte Pilhanculo*. Enquanto no tombadilho mamado de lanternas a burguesia exibia o seu fulgurante carnaval para a risada do Oceano, ela só, rainha do seu camarote com banheiro, despiu-se e ficou nua na cama. Então no silêncio apenas turbado pela luta das hélices contundentes contra a moleza horizontal do oceano, decidiu abrir a carta que ele lhe mandara pelo guarda noturno.

Ele havia obedecido. A sua altivez de homem e de barão tinha-se dobrado ante o gorjeio de seus gestos. Ela tinha exigido dele uma declaração de amor por escrito.

Entretanto dessas páginas jogadas sobre o característico papel de bordo como o ouro generoso de um milionário ao acaso de uma roleta, aprumava-se como um falus sob uma calça o duro nervo de uma personalidade.

Ela, Dona Solanja, antes pelo contrário, era uma papa mole. Seus avós a tinham entregue, indeciso botão, às unhas calvas das últimas detentoras do Convento da Chartreuse d'Avant- -Guerre.

Quando ela se viu livre das tais freiras, o seu horror pelas novenas, missas, procissões e badalos era definitivo. Esperava então a hora de pôr nocaute o chamado sexo forte. Mas essa hora não soou e ela então deu o fora em tudo! Desde aí só duas coisas a emocionavam: os galgos e o schwim-gum.

Ele, ao contrário, desde os mais tenros anos, tinha sofrido o embate dos jacarés e das minhocas de sua terra natal e provavelmente adquirira o bicho carpinteiro que levara outrora os seus gloriosos antepassados — os bandeirantes — aos compêndios geográficos do Brasil.

Ela só tinha uma preocupação: procurar a beleza por fora. Ele, ao contrário, gostava da beleza por dentro.

Mergulhado nessas e noutras cogitações, nosso herói procurou o bar a fim de buscar o reconforto de mais outra gemada.

Ela só gostava de frescos. Ele adorava a máscula luta e nas horas de lazer costumava se exercitar no difícil jogo da rasteira. Mas o amor agora o tinha fisgado!

Naquela noite, vendo desenvolver-se na ponte galharda do transatlântico, a humilhante terça-feira gorda de todos esses abacaxis que navegavam — ao seu espírito, onde permanecia predestinada e fiel a imagem dela, subiu uma vaporosa forma feminina. E ele comparou o desprezo solar de sua nova amiga, deitada a essas horas no silêncio ortopédico da cabina, com o resto.

III — A SOMBRA RETROSPECTIVA

Pensando bem, Serafim Ponte Grande, apesar dos pisões, não tinha nenhuma razão de andar jocoso e alviçareiro. A felicidade arisca que tinha em caixa, conseguira-a, como o restante dos homens, através de humilhações e pedidos, de roubos e piratarias. E na verdade era feita de conchavos com o inexistente. Só uma coisa tinha sido real em sua vida: o amor de fera de Dona Lalá. E o cabaço, aliás complacente, de Doroteia!

Na noite afundada no mar, deu uma espiada inútil no horizonte sem faróis.

IV — VENDETTA!!

Mas enfim, no dia seguinte, Dona Solanja cedera ao seu discreto convite. Desceria pelo seu braço em Nápoles, a antiga Partenopeia.

De fato, roçando a mão enluvada no seu musculoso mocotó, ei-la que junto dele, pisou o cais com os seus pés de anjo.

Tomaram um guia a fim de não se perderem e disseram-lhe por gestos que desejavam saborear uma finíssima macarronada com tomates.

E como durante a caminhada ele insistisse em amá-la, ela o interrompeu rindo e debicando:

— Amar! Que vulgaridade Senhor Barão!

— Honra lhe seja feita. A Senhora não sabe como eu sopito...

Tinham-se abancado no famoso Gambrinus. Os dentes pontia-gudos de ambos e do guia trincavam voluptuosamente os barban-tes da macarronada.

— Outra dose?

— Obrigado. Estou cheia. Só quero lavar as mãos e mijar!

— Não vai uma gemada? propôs ele delicadamente.

— Tenho medo que me dê gases!

Vendo-se de novo na rua, pediram delicadamente ao guia que fosse indo "adelanti!".

— Dona Solanja, por que esse suicídio anestésico? sussurrou ele. Estavam em plena festa napolitana. Era dia de San Genaro. E pela primeira vez, depois de tantos anos, a indiferente e fria Dona Solanja sentiu corar o seu enfadonho coração. Ela enfim apalpava alguém que, ao seu lado, terno e submisso, era a felicidade de pale-tó. E sentia subir em todos os seus ventrículos a vida que saraco-teava no meio da rua. Para ela existia também uma festa interna. Entretanto, que se tinha passado? Nada de extraordinário, daquele extraordinário que ela esperava na beleza desfolhada dos seus par-ques de Juvisy-Tonerre ou na moleza vertiginosa de seus inúmeros fordes. Ela esperaria em vão o bandido mascarado para o assalto de suas pérolas ou o estraçalhamento de sua anti-higiênica virgindade.

Tinham regressado ao cais. Mas eis que Serafim Ponte Grande es-tacara com a boca desmesuradamente aberta. O palito que ele mas-cava rolou por terra. Solanja olhou em torno e viu que, depois de ter dado um safanão no guia, avançava para ambos uma mulher malvestida e cheirando a alho, com uma garrucha no polegar. O barão do Papa berrou:

— Doroteia! Doroteia Gomes! Perdão!

Um camorrista bigodudo e baixo, com uma enorme cabeleira desgrenhada acompanhava a nova personagem. Era o Birimba.

Houve três estampidos na direção do feliz casal. Mas eles não tinham sido atingidos. Então, sem que ninguém a visse, a nobre dama passou rapidamente a mão nas calças do atarantado Serafim e tirando-lhe a pistola, sem hesitar, sapecou seis vezes azeitonas no coração da desgraçada Doroteia que outra não era senão a pandorga que o Barão fodera em moça nas almofadas femífloras da Pensão Jaú.

V — EPÍLOGO FINAL

Dona Solanja foi linchada pelas senhoras da multidão.

OS ESPLENDORES DO ORIENTE

Amar sem gemer
Do diário noturno de Caridad-Claridad

PÓRTICO

Na madrugada pé-de-ninfa, o binóculo desenhou a testa do céu amarelo no esquadro fumegante da esquadra abandonada pelos persas nas usinas do Pireu.

De volta das noites bogaris, o porteiro de Ali-Babá fixou o cadeado do orquestrão gordo que costuma eletrocutar os silêncios de Pera.

O Bar Bristol entre cindros e cadeiras sírias era um paralítico inocente atravessado de um cão policial onde o príncipe negro preparava o crenel nômade dos cruzados globe-trotters e poliglotas. Por isso os soldados curdos negavam a essência dos copos litúrgicos dos armênios candelabros.

As alfândegas do turismo atingiam desertos pederastas onde se massacravam condutores milionários e inglesas com chapéus de Vitória-Régia. Populações envolviam-se de vermelho até o mar dicionário e no vinho dos hotéis girls colonizavam, ladeando steaks de tênis nas escadas, dedilhando as ruas que esplendiam sem barulho. O Nilo ficou frente a frente com steamers e muralhas.

Ora, Caridad-Claridad era um tomate na cachoeira dos lençóis.

Mas ainda carretas empurravam trilhos por dezenas ágeis nos espirros do rio preso e o gala-gala de olho no bolso tirou pintos vivos dos fogaréus.

Camelos, espanadores, martelos, mulheres e felás fugiam para as fotografias.

Estava aporrinhado de jantar toda a noite no Café de Paris, em ouro e branco, entre garçons italianos, leopardas faiscantes, americanos de smoking comendo à noite filés com ovos e dançando shymmis de pé torcido.

Quando abotoava a braguilha para sair, bateram à porta do seu quarto do Ritz da Rue Cambon.

A Girl-d'hoj'em-dia entrou e disse:

— O senhor é o célebre guitarrista Clemente. Quero um retrato para o meu álbum de amantes ideais. Minhas amiguinhas só falam de si! Até *ma-mère* se preocupa com seus olhos!

Serafim ia honestamente expor que havia equívoco, ele não era nenhum clarinetista, nenhum dançarino, nenhum fresco. Mas a Girl prosseguiu:

— Somos da Classe de Retórica. Terminamos a vida de colegiais. Vou partir com Caridad-Claridad para Constantinopla e daqui a dois meses nos encontraremos no Cairo com Miss Bankhurst, nossa aia-confidente. Eu me chamo João no colégio, Pafuncheta na vida. Eu e Caridad somos muito queridas. Temos três amantes em comum.

— É um colégio misto?

— Não vê! Não admitimos marmanjos em amor!

Sentara-se, deixando ver até os intestinos.

— Nós somos sul-americanas, suas compatriotas! As francesas nos adoram por isso. Um dia, uma enfiou a língua na minha garganta...

Nosso herói ergueu-se como um jaguar. Mas ela fugira. Berrou da escada:

— Mande-nos retratos para Jerusalém... Convento de São José, padroeiro dos trouxas...

Serafim atrás das girls penetrou nos mares da História pelas mãos convulsas dos sopros clássicos, acorridos à sua aparição, de dentro dos Lusíadas.

O Mediterrâneo balanceado pelas mitologias poseidônicas pôs nosso herói de cama. Ele vomitou de Marselha a Nápoles, viu a Itália num catre de chuva, passou sem saber Messina e o farol do Stromboli. De repente sentiu-se no caramujo do mundo antigo. Tinha dobrado cabos desabitados.

Nada agitava no cristal as beiradas do mar de Mattapan. A Grécia era rugosa e amarela como uma ruína sem um grito. Ilhas cor de limão deflorado saíam da lixa esbatida de uma montanha no cádmio sereno de tudo sob a navalha do céu e do nada.

Apenas, eram aquelas as montanhas do Peloponeso e o navio se emocionava na baía de Salamina.

A Acrópole avivou-se, parecida com o museu do Ipiranga, pálida e abandonada sob o corcovado do Licabeto.

Compêndios altos escoltavam Atenas.

As usinas do Pireu balizaram docas de meeting comercial, com navios pretos e brancos. Uma sereia de lancha se espevitou no azul mitológico.

O porto movia-se entre descomposturas homéricas de catraieiros. E os olhos de Serafim foram atirados para a popa, entre marinheiros e grumetes, onde um boxeur negro enrugava a testa ao sol da Ática, treinando. O seu nu doirava na dança do ataque entre upper-cuts e mergulhos de swings na defesa suada, entroncada, de punhos.

Serafim commingman nas espaçosas calças de Oxford viu do outro lado um avião esticar o aço sobre a Acrópole. Sorriu. Sacudiu os braços e as pernas fazendo gestos para a Grécia ressuscitada no negro e no avião.

As ruas de Pera apresentaram-se ao nosso herói. Mas qualquer coisa fugia sob a aparência modernizante em que a Turquia falava francês, inglês, italiano sem nenhum mistério.

Serafim de volta do bazar de Istambul penetrou para o chá no edifício europeu do Pera-Palace. O porteiro de opereta curvou-se até o subsolo.

Um jazz balofo guinchava no interior. Serafim pisou o deserto encerado. Garçons de casaca cresceram enquanto a orquestra era negroide e gorda. E sorria para o inesperado auditor. Serafim inutilmente pediu um cocktail nativo e leu no bombo Rose--Select-Orchestra.

Uma voz de oficial francês gritou entre reposteiros:

— Il me restera toujours le souvenir d'avoir fait la traversée avec des jeunes-filles modernes!

Pafuncheta e Caridad defendiam-se dos galões de um magricela, iguais no mesmo completo cor de camelo, sob fôrmas enterradas nos rostos masculinos. Pafuncheta ria, a outra era atlética como um reclame odontológico.

Caridad-Claridad quis whisky. A orquestra animara de goma arábica um fox-trot. Ele saiu apertando-a no pé-espalhado de um charleston.

O bilhete trazido ao apartamento pelo garçon que recuava para ser degolado, avisou-o de que elas tinham partido. Acrescentava: "Há quarenta séculos os obeliscos nos esperam!".

A noite lá fora caíra numa neve completa. Serafim sentiu-se longe do Brasil das vidas animais. Estava em pijama metido nuns chinelões recurvos e desembrulhou sobre a mesa um pano de Bukhara, arrancado às extorsões dos primeiros mercadores que tinha defrontado na mistura negra de Istambul.

Lá fora a neve silenciosa. Deitou-se numa luz frouxa, vinda de outro quarto. Estava em Constantinopla. Visitaria as mesquitas, as fortificações dos imperadores, ouviria a voz minguada do muezim.

Num caos colegial, Teodora, Solimão, os osmãs e os turcos atuais de Kemal Paxá visitaram a fadiga de seus olhos. Acordou e sonhou. As princesas russas que lhe tinham servido o jantar no Karpish entre diplomatas do Reich e nucas nacionalistas rapadas... os olhos envidraçados dos fumadores de narguilé nos cafés... duas prostitutas italianas que o encostaram, uma enorme, a outra rotunda e baixa, as meias curtas hibernais, mergulhando chinelos na lama de um beco.

Madrugada. Uma carreta ia conduzindo degolados nas ruas de Pera. Silêncio absoluto. Madrugada de mercadores das mil e uma noites desenrolava tapetes. Serviam-lhe café turco junto a um braseiro brasileiro. E o seu harém tinha já quatro fêmeas, as duas italianas, Pafuncheta e Caridad.

Uma voz estridulou em clarineta no escuro: — Não senhor! A Turquia não podia continuar a ser a risada da Europa!

Virou para a parede. Nesses quinze dias daria uma grelada na Terra Santa.

A Buick da *Desert Mail* deixara o caminho de transportes iraco--persa para conduzir Serafim Ponte Grande de óculos à Palestina. Atravessou a Fenícia atropelando as primeiras caravanas, à vista de um mar de folhinha, sólido, litográfico, ondeando pontas desertas de terra vermelha. Sidon e Tiro como um museu roubado, num esplendor emudecido que a terceira velocidade ia deixando para trás em barras, nas mãos muçulmanas de um cinesíforo de fez.

— Anglais, argent beaucoup, mossiú! Vous anglais, mossiú!

Serafim enfiara um casco da Índia na cabeça de escova e olhava tudo como uma vaca.

— Anglais beaucoup, mossiú!

Uma ignorância britânica o refestelava impassível. Subiram, estacaram numa passarela fresca de Observatório. O chauffeur leu alto num rótulo: — Pa-les-tai-ne!

Nosso herói procurou depressa o passaporte, o baedeker, a kodak e a Bíblia.

A paisagem rajava-se em verde amendoim. Seus olhos filmavam árvores cor de fumaça entre uma e outra sombra de casa cúbica, com as primeiras figurinhas saídas da História Sagrada.

Poços, cisternas, curvas na boa estrada entre filas de camelos beduínos.

São João d'Acre crenelou sobre o mar saudades de Cleópatra. Do outro lado, Haifa fedeu laranjais no escuro sem lampiões.

Serafim andou de Carmel Buss, experimentou Água de Melissa autêntica no Convento espanhol sobre o promontório, comprou um bentinho e às dez horas da manhã partiu pela Samaria afora!

Um trem de presepe afogava-se longe na planície. Duas montanhas iguais e baixas quebravam-se de encontro para deixar perceber o recôncavo de Tiberíades no fundo de teatro do mundo.

A agitação de uma regata de catraieiros e turistas no lago de mármore, onde nada prende à terra e lembra a vida. Ninguém mais morava em Magdala senão árvores, em Betsaida senão urzes, em Cafarnaum senão destroços. No deserto almofadado de um convento um franciscano e uma caseira procriavam a solidão.

O mais tinha tudo emigrado como a casa de Nazaré, pelos ares, para os livros do Ocidente. Nem Tibérias tinha mais romanos de Tibério.

Um padre bem vestido informava para um bando internacional de Kodaks que Cristo escolhera o país estéril, a fim de não estragar com a maldição de Deus uma Suíça ou uma Itália.

— Visão econômica, meus caros irmãos!

Na hospedaria mosteiro de Casa Nova em Nazaré, o franciscano alemão da portaria tirara das barbas uma frescura gelada de cerveja clara — Helles Bier, mein herr! E lhe propôs whisky e cigarros estupefacientes na vastidão almoxarifada da sua cela conventual.

O quarto lembrava um hotel de São João del Rey. O padre mestre que era um sábio das Arábias trazia na vassoura negra da barba meio quilo de brilhantina.

Serafim pagou a hospedagem com fortes esmolas, mandou dizer uma missa pela sua própria alma e na manhã pó-de-lima pesquisou inutilmente a binóculo, Jericó num cupim de muralhas eremitas. Por declives agonizantes, desceu no calor até o poço salso do Mar Morto. Era o lugar mais fundo da terra, com trezentos níveis abaixo dos longes metros do mar. Daquele lado, ficavam Sodoma e Gomorra. Serafim olhou e viu uma pederastia de azul. A Standard Oil comprara Sodoma e negociava Gomorra para explorar o querosene das punições.

O deserto da Judeia esticou-se entre panoramas de papelão amarrotado, e arborizações de desastre, Josafás como autódromos, cidades cor de tenda e ferrugem. Tudo torrado, escorvado, quilometrado de anátema.

Entre o Jordão magro e sujo e a sombra de salgueiros, o padre dos turistas dissera que só tomaria um banho para salvar a humanidade em Água de Colônia.

Ascensão da serra direta. Betânia, a Casa de Lázaro, a funicular de Josafá. E as torres novas de Jerusalém na lama consternada e no frio. Por cima o céu da Ascensão.

Serafim fora encontrar os mesmos judeus barbados e sujos do Muro das Lamentações, que na véspera mexiam o corpo ante a decadência do Templo como galinhas aflitas — sorridentes e pálidos na sala promíscua da Banque Imperiale Ottomane.

Um sacerdote assuncionista eruditamente o guiou de galochas aos dominicanos de Santo Estêvão e à Gruta do Leite, em Belém.

Um franciscano comercial distribuía papelinhos de pó galatogênico na sacristia. Chamou Serafim de lado e o preveniu contra o dragomã de circunstância.

— Estes padres de hoje, meu senhor, não acreditam nem em Deus!

Serafim saiu só pela noite de Jerusalém. Era a rua principal em descida. Penetrou nas luzes do Café Bristol. A sala abafada coloria-se de papel no jazz idiota. Um pianista saracoteava nulamente entre garçons e cadeiras vazias. Havia sírios gordos, homens vagos do Sul, caixeiros-viajantes bêbedos e duas alemãzinhas globe-trotters. Um ar de inocência iluminava aquela blasfêmia que um cachorro enorme vigiava. No interior do bar um rei mago tingia um cocktail. Nosso herói saiu pelo vento. Em cima fazia uma lua paulista. Passou os armazéns, o Hotel Allenby, um café turco. De repente a noite crenelada dos cruzados gritou quem vens lá! A Torre Antônia velava sobre a lama dos quarteirões. Havia sombras de guardas ao lado dos degraus de um portão. Serafim aproximou-se. Eram dois soldados curdos. Perguntou-lhes pelo Santo Sepulcro.

— Não há nenhum Santo Sepulcro...

— Como?

— Nunca houve.

— E Cristo?

— Quem?

O outro esclareceu:

— Cristo nasceu na Bahia.

Mas o guia assuncionista o fez subir de vela na mão os dezoito degraus do Calvário e por capelas e muralhas afundou com ele na escuridão monumental das Cruzadas.

Procissões teimosas, barbudas, gregas, coptas, armênias, franciscanas sucediam-se, precediam-se, desapareciam, brigavam de velas e de cânticos, liturgias, flexões, ante os envoltórios dos sacros sinais guardados por tocheiros, lampadários e capitéis.

O guia explicou-lhe:

— Precisamos sair antes que o muçulmano feche a porta. É um turco que tem a chave do Santo Sepulcro já que os cristãos não se entendem sobre a posse das verdades e das capelas... Às seis e meia fecha-se tudo e eles ficam aí brigando de candelabro e reconciliando-se depois pelas narinas da volúpia nos divãs de pedra, com grande gáudio do tinhoso...

Serafim viu na sombra, sentado sob a defesa secular de uma parede, os olhos em brasa dum pederasta de barbas e batina.

Os desfiladeiros onde Sansão andou treinando filisteus e a linha de trilhos por cidades ferroviárias até o deserto inicial do Sinai. Saaras aqueceram moles ondulando infinitos amarelos no sol de trem. Onde Moisés andou a pé.

Alcântara, o canal milionário, as alfândegas sob o domicílio das estrelas. Os olhos de Serafim aflitamente procuraram o Cruzeiro no forro do céu africano.

O Cairo às onze horas. Nas luzes colossais do hangar costumes de opereta, fezes, gente da Europa. Lá fora, autocars com nomes excitantes. Semíramis, Heliópolis Palace, Shepheard's Hotel.

Procurou um detetive que imediatamente lhe deu o endereço das girls por quem viera.

Pafuncheta e Caridad se tinham feito vacinar nas coxas por um doutor negro de fez, no seu apartamento de Mena House, donde a vista barrava os andares das pirâmides.

Estavam de pernas nuas, fazendo secar a sangria estrelada. Caridad pinicava num banjo. Pafuncheta de verde lia. Não se mexeram. Gritaram vendo-o. Tropicalizado nosso herói procurou varejar com os olhos as últimas defesas de ouro das camisas--calças, onde escuridões se rachavam.

Pafuncheta gritou mostrando o livro:

— É um manual de paixões. Está fechado, como nós duas!

Folheava-o. Berrou:

— Dos deboches! Depressa, um corta-papel!

Serafim trouxe um alfange, mas ela tinha perdido a página.

— Cultura física. É no capítulo dos deboches? Resignação à morte... para mais tarde.

Tinha-se levantado. Caridad-Claridad limpou a vacina, espevitou-se nua como um sol num lavabo.

Inglesas velhas sob chapéus da Rainha Vitória na grenadina quente dos ocasos. Fezes com luvas. Atravessaram o jardim de Mena House. Laranjadas e criados bérberes, com o rosto irrepreensivelmente estigmatizado.

Sentaram-se para o chá. Peregrinagens subiam os degraus maciços da pirâmide de Quéops no azul.

Rodeando turistas alarmados, policiais espancavam camelos e condutores numa gritaria de massacre.

Tinham dançado charlestões macacais nas construções milionárias do Heliópolis Palace. Tinham-se fotografado sobre berros de camelos junto à Esfinge compassiva. E visitado os destroços de Mênfis e o túmulo arado dos Bois na manhã que peneirava o deserto. Combinaram partir para Luxor, Assuã, as barragens superiores do Nilo, a Núbia, o inferno.

No trem branco de Luxor, no trem louco de Luxor. Pafuncheta dormia em cima o sono da veilleuse. Ele entrara de manso, sentara-se na couchette de Caridad. Conversavam. Ela acordara e dizia asneiras. Ele sentiu-lhe nas mãos as coxas ásperas de virgem, o ventre mole. Apertava o busto nu contra o seu busto peludo. Que suor! Que frio! Um vômito emocional ia sacudi-lo. Abotoou-se. Saiu da cabina, pálido, enquanto ela esperava.

Caridad anotara no seu diário:

"Ser amante de um homem! Fui esta noite. Mas parece que continuo semivirgem. Que sono me deu quando ele entrou. Não fiz escândalo por causa de Pafuncheta. Me fez pegar no seu lança--perfume! Isso me deu um incômodo horrível de espírito. Era a primeira vez. Não será a última. Sofri como em casa, quando tomava whisky escondido. Felizmente ele teve um acesso de remorso e saiu".

O guia missal, sujo como um templo, de abaia azul e turbante explicara-lhes nos túneis vazios de Tut-Ank-Amon que a Deusa Verdade protegia o defunto e que a fila das testemunhas ritmadas na parede, retrucava aos inquéritos acusadores.

Fora, o deserto era o sarcófago do sol.

No vale catacumbal dos Reis.

Três burrinhos gordos, Serafim e as duas girls tinham trotado até atravessar o Nilo. Populações seguiam atrás pedindo bachiche por terem nascido tão longe.

Na tarde sobre o Egito vermelho envolvido de amarelo, Serafim deu o braço a cada uma e enfiou o casco da Índia na cabeça repleta de maus pensamentos.

Nas pelusas do hotel, um coqueiro esplendia como um espanador.

Um inglês de dois metros batia a bola de tênis para uma espiga cor-de-rosa. Girls de escarlate, sob chapéus coloniais, ladeavam uma senhora insulada e decrépita.

Saíram pelo muro lateral, contornaram o Winter-Palace, a rua, a agitação sem barulho do Oriente, fezes, caftãs, portas de negócios, sudaneses, abissínios, vendedores de bugigangas e cigarros.

O hotel sobre as escadas jazzbandava em glicínias. Camisolas enormes e brancas de criados do Sudão moviam o terraço.

O Nilo em frente com velas e steamers. Para lá, as muralhas róseas de Tebas. E o Egito até o Mar Vermelho.

Caridad escreveu no seu diário:

— "Que beijo! Desceu até lá embaixo. Não sei mais o que fazer. Que falta me faz Miss Bankhurst para pedir conselho.

Ele procura é lá. Entrego-lhe tudo pela primeira vez. Os seios esféricos e pequeninos, o ventre... Não. Ele tem as mãos teimosas. Ele quer chegar é lá. Ao centro. À divisão do meu ser".

Partiram para a poeira de Assuã. Entre óculos enfumaçados de janelas, o trem se cobrira dum capacete branco e afundou equipado no deserto.

Fornos e crenéis de casas negras, lado a lado do Nilo contratado como fertilizante.

Cidades perdidas no pó ou brancas sufocadas de palmeiras nos oásis.

Caridad deitara a cabeça no colo dele e cheirava-lhe voluptuosamente as virilhas. Paisagens abriam lagos indecisos, suspendiam zepelins de pedras no horizonte tranquilo das miragens.

Do diário de Caridad:

"Lambeu minha taturana. Nunca pensei que fosse tão agradável!"

Sob as estrelas da Ilha Elefantina, Serafim pensando em Cleópatra que ele acreditava ter sido rainha em Sabá, falou assim à Girl-d'hoj'em-dia:

— O teu hálito cheira a fumo de minha terra!

— O teu cabelo é da cor das manhãs de Minas!

— O teu beijo é quente como o sol do Rio de Janeiro.

— Quando os teus lábios reviram nos meus me envolvem do calor das águas de minha terra.

— O teu corpo é frio como o sepulcro do mar!

— Quando sais no foquestrote aí por esses hotéis, na podridão das orquestras, sinto as tuas duas pontas espetarem o meu coração enquanto a minha lança se revolta contra a tua virgindade.

— Minha mão em concha apanha a tua bunda quente, viva, musculosa e buliçosa.

— Encosto a cabeça na tua, aí por esses foquestrotes, por esses charlestões. Encosto a língua na tua, mole, babosa, salivosa.

E ela escreveu:

"Os efeitos do amor. Hoje fiquei em pelo no quarto e notei que minhas coxas se arredondaram, ficaram gordinhas e macias trabalhadas pelas suas mãos, minhas curvas se afirmaram, meus peitinhos ficaram duros e rebitados. Mas que coceira no bibico!"

D'engenharias de parapeitos, eles espiavam os espirros gigantescos do Nilo represado.

Um gala-gala surgiu na ponte, um ovo no olho, atrás da orelha, tirando pintos vivos da manga desembaralhada.

Um fogaréu amarelo queimava as vassouras das tamareiras. Deslizaram sobre trilhos em carretas indígenas. O sol martelava no estuário. Depois virou rodinha de São João na parede do céu, enquanto as barcas recolhiam nas pautas do Nilo. O silêncio vermelho. O rascar das noras no rio. Amanhecia sobre o Cataract-Hotel. Caridad acordou como um tomate nos lençóis. Estava na cama de nosso herói. Escreveu "Gemi!".

Voltaram ao país atarracado de templos, espetado de falus.

Mulheres e felás punham roupagens nos bois sacros, silhuetas brancas repunham em burricos a fuga para o Egito. Filigranas altas de camelos ritmavam as caravanas.

Do diário de Caridad:

"Hoje de manhã dei de cara com Miss Bankhurst, no hall do Shepheard's. Perguntou-me se a baía de Constantinopla é mais bela que a baía de Hudson".

Em Alexandria, um navio passava como um bonde. Serafim tomou-o.

O Oriente fechou-se. Tudo desapareceu como a cidade no mar, seus brilhos, seus brancos, suas pontas de terra, esfinges, caftãs, fezes, camelos, dragomãs, pirâmides, haréns, minaretes, abaias, pilafs, desertos, mesquitas, templos, tapetes, acrópoles, ingleses, inglesas.

FIM DE SERAFIM

Al modo que un cabron en un curral de cabras.

Montoya — *A conquista espiritual.*

Fatigado
Das minhas viagens pela terra
De camelo e táxi
Te procuro
Caminho de casa
Nas estrelas
Costas atmosféricas do Brasil
Costas sexuais
Para vos fornicar
Como um pai bigodudo de Portugal
Nos azuis do clima
Ao solem nostrum
Entre raios, tiros e jaboticabas.

Nosso herói tende ao anarquismo enrugado. O Brasil dos morros da infância que lhe ofertava a insistência dos mais feijões, dos mais biscoitos — dá-lhe o amor no regresso. Pernas duras, bambas, peles de cetineta de mascate e de lixa de venda, seios de borracha e de tijolo, bundas, pelos, línguas, sentimentos. Acocorado sobre o seu arranha-céu, depois de luzir de limpo o seu canhão, ensaia dois tiros contra o quartel central de polícia romântica de sua terra. Fogueteiro dos telhados, ameaça em seguida a imprensa colonial e o Serviço Sanitário.

Descobrem-no, identificam-no, cercam-no. Os bombeiros guindam até escadas o pelotão lavado dos Teatros e Diversões.

O povo formiga dando vivas à polícia. Ele cairá nas luvas brancas dos seus perseguidores.

Uma tempestade se debruça sobre a cidade imprevista. Ele arranca de um para-raios e coloca-o na cabeça invicto.

Uma nuvem carregada de eletricidade positiva esbarra sem querer numa nuvem cheia de eletricidade negativa.

Ambas dizem:

— Raios que te parta!

Faz então um escuro de Mártir do Calvário.

PREGAÇÃO E DISPUTA DO NATURAL DAS AMÉRICAS AOS SOBRENATURAIS DE TODOS OS ORIENTES.

— Tudo é tempo e contra-tempo! E o tempo é eterno. Eu sou uma forma vitoriosa do tempo. Em luta seletiva, antropofágica. Com outras formas do tempo: moscas, eletro-éticas, cataclismas, polícias e marimbondos! Ó criadores das elevações artificiais do destino eu vos maldigo! A felicidade do homem é uma felicidade guerreira. Tenho dito. Viva a rapaziada! O gênio é uma longa besteira!

CHAVE DE OURO

A cidade das casas contrafortes e a igreja com uma porção de cônegos de espartilho no terreiro rios e o pendão do pontão.

A população das entradas padreava o subsolo mas construíram os primeiros arredores para a meta dos costura-céus. E abriram e fecharam o vínculo dos veículos das ruas do central cabresto de São Paulo com grilos, campânulas e arrebóis.

ᛒᚱᚱᚪᛏᚪ

Os mortos governam
os vivos.

FRASE FEITA.

À sombra macha de Celestino Manso, Dona Lalá prosperara e parira anualmente, na confluência ubérrima de dois rios bandeirantes que dividiam em Canaãs e capitanias o estado de Mato Grosso. O Pombinho crescera de chapelão e cavalo.

Senhores e possuidores de fundos e de largos latifúndios, quiseram perpetuar no bronze filantrópico das comemorações, o ex-marido, ex-pai e ex-amigo. Fizeram construir num arrabalde do Juqueri um Asilo para tratamento da loucura sob suas formas lógicas. E encomendaram a um pintor vindo da Europa uma fotografia a óleo do falecido. Para isso lhe forneceram um instantâneo de domingo, onde se via num banco do jardim da Luz o malogrado herói, de palheta, ao lado de Pinto Calçudo e do traidor Birimba.

O pintor trabalhou pacientemente, honestamente, furiosamente. Mas o retrato não saiu parecido. Dona Lalá achava-o magro, a Beatriz gordo e o Pombinho era da filial opinião de que ele tinha as sobrancelhas carregadas de chumbo explosivo.

O pintor refez o trabalho. Mas Celestino notou que faltava um detalhe. Ele mexia a pontinha do nariz quando falava.

O pintor, louco como um silogismo, inaugurou as celas de luxo do Asilo Serafim.

OS ANTROPÓFAGOS

Os padres viram que o tal cristão quando voltava para umas vezes não trazia mais chapéu, outras o capote, outras os calções e outras o gibão. Então o que é isto? Disseram os padres com admiração e não compreendendo o proceder do cristão perguntaram-lhe que sumiço tinha dado do que era seu. O homem replicou assim: Vós padres bem-aventurados, vós falais aos pagãos conforme o vosso conhecimento das coisas e eu também conforme o alcance da minha inteligência falo a eles. Aí nos dias passados faltaram-me as palavras, por isso as minhas obras em vez de vãs palavras tratei de empregar e repartir tudo quanto tinha pelos principais a fim de os angariar a mim; os principais tendo-se rendido por fim de contas as demais gentes prontamente se submeteram também. Assim disse o homem humilhando-se perante os padres e comovendo-se por fim. Os bons padres em verdade compadeceram-se de sua liberalidade que se privava das coisas de que necessitava. Depois de se terem passado alguns dias, eu já vou-me disse o homem aos padres e depois que ele se foi patenteou-se o seu mau procedimento enfim. Com as coisas que ele possuía, seduziu algumas meninas e algumas raparigas que deviam ficar a seu serviço e com elas abalou.

Montoya. *A conquista espiritual.*

Entanto o canhão na proa lambeu o mar em pancada oito horas da manhã e José Ramos Góes Pinto Calçudo, com um galão na bunda, tomou conta do bar e do leme. Estavam em pleno oceano mas tratava-se de uma revolução puramente moral.

Nosso dissimulado herói em Londres havia concertado a experiência de um mundo sem calças sobre a solidão chispada que agora salgavam milhas fora da projeção econômica das alfândegas.

Após seca e meca, o encanecido secretário já falava argentino no Simpsons, de bombachas, com uma messalina e um comandante de transatlântico aposentados.

— Uma vez puso dôs ingleses nocaute en la calhe! Passavam e mi dabam encontrones todavia! Yo me fué arrabiando e exclamé:

— animales! Hijos de puêta! Se volvieram luego diez ou dôce! Mas antes de fechar el tiempo, dê al primero uno swing en la nariz, al segundo um crochet en la padaria. Fuemos todos parar en el pau. Se reía de mi muque el jefe de polizia! E mi invitó para instrutor de box de su famijia!

Planejaram ali um assalto à nave *El Durazno* em áceos arranjos nos diques de Belfast. Combinaram a alta oficialidade comprada.

Mas na quitância da Europa, foi-lhes impossível qualquer composição de ditadura natural a bordo. A população travesseira soletrava toda Havelock Ellis e Proust. Atravessaram o mar de smoking e cornos.

Mas reunida agora a marinhagem em pelotão freudiano no balão largado das auroras americanas, foi afixada no Purser's Office a seguinte "Ordine di tutti i giorni".

"Qui non c'è minga morale,
É un'isola!"

Seguiu-se um pega em que todos, mancebos e mulheres, coxudas, greludas, cheirosas, suadas, foram despojadas de qualquer calça, saia, tapacu ou fralda.

Na ponte de comando, incitando a ereção da grumetada, um bardo deformava Camões:

E notarás no fim deste sucesso
Tra la pica e il cul qual muro é messo!

Um princípio de infecção moralista, nascido na copa, foi resolvido à passagem da zona equatorial. E instituiu-se em *El Durazno*, base do humano futuro, uma sociedade anônima de base priápica. O poderoso Jack da piscina pederastou em série, iniciando ante avisada assembleia, pálido conde sem plumas. Todos gritavam, batendo palmas: Chegou o dia do anos do conde! Marinheiros montaram latejantes e duros sob lençóis de berths puros. Foi ordenado que se jogasse ao mar uma senhora que estrilara por ver as filhas nuas no tombadilho que passara a se chamar tombandalho. Mas ela replicou que chorava de saudades do célebre curandeiro Dr. Voronoff.

E reunido um troço de passageiros, recalcitrante, entre os quais alguns recém-casados, desceram todos à sala das máquinas, onde Pinto Calçudo, nu e de boné, fez um último apelo imperativo, "ante a cópula mole e geométrica dos motores" e energicamente protestou contra "a coação moral da indumentária" e "a falta de imaginação dos povos civilizados".

— Que os vossos sonhos se precisem, oh ladies and gentlemen! No jardim de inverno e alhures!

Passaram a fugir do contágio policiado dos portos, pois que eram a humanidade liberada. Mas como radiogramas reclamassem, *El Durazno* proclamou pelas antenas, peste a bordo. E vestiu avessas ceroulas e esquecidos pijamas para figurar numa simulada quarentena em Southampton. Todos os passageiros se recusaram a desembarcar. Sem dinheiro, tomaram carregamentos a crédito.

E largaram de repente ante os semáforos atônitos. Encostaram nos mangueirais da Bahia. Sempre com peste. Depois em Sydney, Malaca, nas ilhas Fidji, em Bacanor, Juan Fernandez e Malabar. Diante de Malta, Pinto Calçudo arvorou a Cruz de Malthus.

Nos lounges, nas nostalgias dos salões, nos tombadilhos, à passagem do capitão, gritinhos cínicos lembravam fingidos pudores:

— Que c'est mal ce que vous faites, Maître!

El Durazno só pára para comprar abacates nos cais tropicais.

Este livro foi escrito de 1929
(era de Wall Street e Cristo) para trás

Nota sobre o estabelecimento de texto

Para o estabelecimento de texto desta edição, realizado por Maria Augusta Fonseca, foram consultados dois manuscritos de texto integral e um parcial, e foi feito o cotejo com a primeira edição de *Serafim Ponte Grande* (Rio de Janeiro: Ariel, 1933), única publicada em vida do autor. Foram mantidos os termos usados por Oswald de Andrade, que apontam tanto para um registro da oralidade e diferentes falas de personagens como para os empréstimos, formas variantes, abrasileiradas e corruptelas de termos estrangeiros — do inglês, do francês, do espanhol. Igualmente, foi mantida a ortografia de nomes próprios estrangeiros e de sobrenomes de personagens, assim como a colocação de vírgulas — alteradas em edições posteriores. Com respeito aos registros em itálico, entre aspas, e sem destaque, foram conservadas as oscilações presentes na primeira edição. (N. C.)

FORTUNA CRITICA

POSFÁCIO
FACHO EM RISTE, REVOLUÇÃO PERMANENTE

PAULO ROBERTO PIRES

O meu relógio anda sempre para a frente
Do prefácio a *Serafim Ponte Grande*

FOI NA VIDA SOCIAL, "livraria bem sortida" de Poços de Caldas, que em 1935 um aluno do quarto ano ginasial leu pela primeira vez, "meio aos pedaços, e com muita risada",[1] o *Serafim Ponte Grande*. Publicado em 1933 pelas Edições Ariel, do Rio de Janeiro, o romance de Oswald de Andrade teve tiragem curta, bancada pelo autor, e pouco circulou em seu tempo. É sorte que tenha caído nas mãos de Antonio Candido de Mello e Souza, que nele mergulhou com a disponibilidade dos dezessete anos, idade em que, como diz Serafim, "a gente carrega embrulhos". Um leitor comum, ainda distante de preocupações críticas, deliciava-se com um livro recebido com entusiasmo pontual, alguma condescendência e amplo desagrado por seus contemporâneos.

Em menos de dez anos, instalado em São Paulo e já atuante na vida intelectual da cidade, Candido submeteria *Serafim* a rigoroso exame, estendido aos outros romances que Oswald publicara até então.[2] O ensaio valeu-lhe um dos apelidos ferinos em que Oswald era craque, "chato-boy", e a amizade mantida até a morte do escritor, em 1954. Afinal, aquele jovem crítico e seus amigos até podiam ser "estudiosos, sensatos e sensaborões",[3] traços não exatamente apreciados pelo temperamento anárquico do escritor, mas demonstravam por ele genuíno interesse. As manifestações de interesse, temperadas com restrições e ponderações, ofereciam-lhe o que a vida literária brasileira, desde sempre empertigada, então lhe negava: reconhecimento.

"Queremos dizer-lhe, antes do mais, que não é indiscreto falarmos dos seus sessenta anos, já que todos conhecem a prodigiosa mocidade de seu espírito. A esse respeito, subscrevemos o que disse recentemente Murilo Mendes: que você, sexagenário, é o mais moço dos escritores brasileiros", lê-se em "Telefonema a Oswald de Andrade", nota que amigos e admiradores de diferentes gerações fazem publicar na *Folha da Manhã* em 11 de janeiro de 1950, dia de seu aniversário.

> Entre os signatários deste, muitos, especialmente alguns, novíssimos, gostariam de devorá-lo. Mas então você poderia dar-lhes — você que soube rasgar tantos caminhos — a resposta do índio de que Goethe nos fala na famosa passagem em que registra a concepção lírica de nosso bugre: "Pois vocês não sabem que comeriam a si mesmos, uma vez que já comi a carne de vossos avós?".

Dentre os 31 "signatários", autodefinição tão formal para mensagem tão desabusada, estão quatro "postulantes a escritor" que, um ano antes, em visita a Oswald, foram presenteados com raridades: primeiras edições das *Poesias Reunidas O. Andrade* e de *Serafim Ponte Grande*. É Augusto de Campos quem registra o encontro, no qual estavam presentes ainda Nilo Odália, Décio Pignatari e Haroldo de Campos, todos com vinte e poucos anos.[4] Este último fixaria o momento num detalhe expressivo: "a expressão 'romance', na capa, foi riscada por Oswald e substituída pela palavra 'invenção'".

O gesto de Oswald, rasura nada inocente, torna-se subsídio crítico para Haroldo, que o menciona numa nota de rodapé a "*Serafim*: Um grande não livro", ensaio aqui reproduzido e que acompanha *Serafim Ponte Grande* desde 1971, quando o livro voltou a circular quase como um inédito, depois de 38 anos fora das livrarias. Editado num mesmo volume que *Memórias sentimentais de João Miramar*, segundo tomo das "Obras completas" do autor que a Civilização Brasileira começara a publicar, o *Serafim* de Oswald e o de Haroldo marcam uma etapa decisiva na recepção do autor e do modernismo. Mais do que revisão, trata-se de uma nova vida.

"Os prezados já se ligaram no fato de que está à venda, em tudo quanto é livraria, o volume das obras de Oswald de Andrade com *João Miramar* e *Serafim Ponte Grande*? Não? Azar",[5] escreve Torquato Neto, impertinente, provocando o leitor da "Geleia Geral", coluna que foi um enclave da imprensa alternativa plantado no meio do *Última Hora*. Radical entre os radicais, o poeta, compositor e cineasta declarava como jornalista sua devoção ao autor que homenageara em outra "Geleia geral", a parceria com Gilberto Gil. Na letra da canção, que encerrava o lado A do disco-manifesto *Panis et circensis*, de 1968, constavam citações do "Manifesto Antropófago" — "a alegria é a prova dos nove" — e do *Miramar* — de onde Torquato extraiu "brutalidade jardim", desconcertante par de substantivos que o herói de Oswald lista entre suas saudades do Brasil e tanto dá a pensar sobre o país.

Alertando, não sem razão, sobre a institucionalização do modernismo — "em 72 vejo prevejo veremos a restauração do pior espírito Semana de Arte Moderna 22 comemorado em retrospectiva" — e de um Oswald "tornado patrimônio da civilização brasileira",[6]

Torquato dá testemunho da importância do autor de *O Rei da Vela* para sua geração. No conflagrado debate estético dos anos 1960, observa Caetano Veloso, o poeta modernista atravessava a divisão de "grupos que nem sempre se aceitaram mutuamente", os "irracionalistas" (dentre os quais José Agrippino de Paula, José Celso Martinez Corrêa e Jorge Mautner) e os "super-racionalistas" (concretistas e "músicos seguidores dos dodecafônicos"). Caetano, outro que também transitava entre os diferentes, afirma: "Oswald os (nos) unia aquém ou além da razão".[7]

"A revolta é uma quebra de tradição, a revolta acabou, a tradição continua evoluindo", diz Mário de Andrade em entrevista que abre "O Mês Modernista", série de poemas e artigos de autores ligados ao movimento publicada pelo jornal *A Noite* em 1925. Num balanço precoce e peremptório do modernismo, Mário reivindica para os seus o pioneirismo da transgressão — "Todo mundo dormia na pasmaceira da nossa literatura oficial, nós gritamos 'Alarma!' de supetão e toda gente acordou e começou se mexendo" — e declara a serenidade dos que acreditam terem cumprido seu dever: "Repare que fuque-fuque agitado vai agora por nossa literatura. Pois nós seguimos o nosso caminho sem mais gritos de revolta".[8] A história mostraria que há gente demais nesse "nós", sendo Oswald a dissidência mais notável numa complicada primeira pessoa do plural modernista.

É certo que, quando *Serafim Ponte Grande* foi lançado, o escândalo e a provocação, moedas fortes das vanguardas, já conheciam uma baixa na volátil bolsa da estética e da cultura. Se a vida literária não é documento incontestável de um país, ao menos é dele um reflexo vivo — e entre nós ímpetos de ruptura costumam ter menos prestígio do que as sinuosidades da acomodação. Na década seguinte à Semana de Arte Moderna, a energia contestatória de Oswald não só não dava sinais de arrefecimento, como parecia intacta em variadas frentes: publicou dois livros de poemas (*Pau*

Brasil e *Primeiro caderno do aluno de poesia Oswald de Andrade*), três romances (*Os condenados*, *Memórias sentimentais de João Miramar* e *A estrela de absinto*), fundou uma revista literária (*Revista de Antropofagia*, em que assina o decisivo "Manifesto") e um jornal engajado (*O Homem do Povo*), além de esgrimir polêmicas literárias e políticas na imprensa comercial e na alternativa.

Escrito aos poucos e aos saltos, *Serafim Ponte Grande* teria vindo a público pela primeira vez em fragmentos apresentados numa leitura na casa de Paulo Prado — o registro é de 1924, ano em que fora lançado *Memórias sentimentais de João Miramar*, romance com que *Serafim* se relaciona mais diretamente e com o qual forma, no dizer de Antonio Candido, o "par-ímpar" central na obra de Oswald. Nos anos seguintes, novas passagens apareceriam na *Revista do Brasil* ("Objeto e fim da presente obra", o primeiro e abandonado prefácio) e no *Jornal do Commercio* (na "Feira das Quintas", coluna que Oswald manteve no jornal entre 1926 e 1927), bem como em publicações como *Terra Roxa e Outras Terras*, *Verde* e *Martinelli e Outros Arranha-céus*, todas elas parte do circuito de revistas literárias nascidas a partir do modernismo.

Ainda inédito, o romance era notícia em 1930, quando o escritor recebe no Hotel Terminus, onde então vivia, o repórter Severino Silva, de *O Paiz*, enviado especial do Rio de Janeiro que narra em detalhes sua visita ao quarto 417, "o castelo e a furna de Oswald". Em estilo trovejante, o entrevistador é um admirador que, deslumbrado, ouve os versos de "Pern'Ino" e enaltece "aquelas formosíssimas paisagens egípcias que ele magistralmente pinta". Pondera, em determinado momento, sobre a verossimilhança das andanças do personagem, ao que o entrevistado assegura: "Mas isto é real". "O romance *Serafim Ponte Grande* surgirá em breve", escreve Silva. "O que para mim significa incrível ousadia, inominável intrepidez, é para o arauto da Antropofagia — serenidade, verdade, verismo, legítima literatura do corpo e da alma."[9]

Se "serenidade" é termo pouco adequado para descrever Oswald, sobretudo naquele momento, "literatura do corpo e da alma" até dá boa pista do livro a caminho. Mais do que radicalização dos procedimentos formais de *Memórias sentimentais de João Miramar*, o que se anunciaria em *Serafim*, sobretudo em seu incandescente prefácio, era um escritor que se queria "novo" e, também, ou principalmente, um novo homem. O leitor de 1933 é advertido de que as páginas que tem em mãos foram concluídas cinco anos antes. O romance seria, portanto, assumidamente datado, constituindo-se num "necrológio da burguesia", o "epitáfio do que fui", testemunho do tempo em que, "palhaço da burguesia", o autor "atolou diversas vezes na trincheira social reacionária". Dali para a frente, assegura, tinha como "única vontade [...] Ser pelo menos, casaca de ferro na Revolução Proletária".

Oswald dizia ter aderido ao comunismo "por culpa de Patricia Galvão". A mulher por quem se apaixonou em 1929, com quem casou em 1930 e de quem se separou no ano seguinte[10] teria um dia proposto que "ficassem" comunistas: "Você fica?", perguntou ela. "Fico", respondeu, como se firmasse uma jura romântica.[11] Assim como, poucos anos antes, o sobressaltado romance com Asja Lascis apontou a Walter Benjamin o caminho do marxismo revolucionário, Pagu levou Oswald ao engajamento e à consequente revisão da "bosta mental sul-americana", em que "o contrário do burguês não era o proletário — era o boêmio!". Serafim, o personagem, é a personificação desse contestador precário, "o brasileiro atoa na maré alta da última etapa do capitalismo. Fanchono. Oportunista e revoltoso. Conservador e sexual".

Na infelicidade do casamento com Lalá, Serafim vive depreciado pela vidinha de funcionário público, pai de família contra a vontade e massacrado pela frustração numa São Paulo conflagrada depois do levante tenentista de 1924. Mantém um canhão no quintal de casa, o que faz dele o único "cidadão livre" da cidade. Sua vida está engastalhada por moralismo, banalidade e obstáculos que lhe parecem atavicamente intransponíveis:

O meu país está doente há muito tempo. Sofre de incompetência cósmica. Modéstia à parte, eu mesmo sou um símbolo nacional. Tenho um canhão e não sei atirar. Quantas revoluções mais serão necessárias para a reabilitação balística de todos os brasileiros?

Depois de cogitar uma solução drástica para sua existência "acanalhada" — "Só vejo um remédio para me moralizar — cortar a incômoda mandioca que Deus me deu!" —, encontra saída menos definitiva e sangrenta. E, a exemplo de Oswald, de João Miramar e de parte da elite brasileira no início do século xx, embarca num vapor rumo à Europa. Ainda que o périplo lhes abrisse as portas do mundo e pudesse levá-los a um idealizado Oriente Médio, como aconteceu com Oswald e Serafim, os viajantes tinham Paris como destino preferencial.

"Dás dobrado o que as outras capitais oferecem! Ao menos, dentro de tuas muralhas, se pode trepar sossegado!", clama o herói do alto do "elefante pedrês da Étoile", transfiguração do Arco do Triunfo numa das imagens surpreendentes da cidade em que, no lugar da prisão da Bastilha, "tendo sido ela tomada pelos avós dos bolchevistas, permanece só entre bocas de metrôs um espeto de coluna". Passa uma noitada com Madame Xavier, "também conhecida na distinta colônia brasileira de Paris por 'A Senhora Cocaína'" e, no *Bal Nègre*, "última invenção, pior do que qualquer baile de quarta-feira de cinzas na Favela", convive com um elenco que antecipa a imaginação pop desembestada de um José Agripino de Paula: "no corredor sonoro onde reservava mesa, tem logo em frente, atrás, do lado, em cima, Carlito, Gloria Swanson, Georges Carpentier, Raquel Meller, Einstein, o Dr. Epitácio e Picassô".

Mais do que acaso biográfico, a viagem a Paris era então uma espécie de ritual iniciático do letrado brasileiro. Os chamados passadistas, alvo preferencial dos modernistas, buscavam na cultura que os colonizou as ruínas do Monte Parnasso. Para os vanguardistas, sequiosos do novo, não haveria melhor lugar para encontrá-lo. Ainda que a motivação intelectual tenha tantas vezes animado essa viagem longa e dispendiosa, só uma sólida situação financeira poderia viabilizá-la. Para carimbar o passaporte com o visto de antiburguês era preciso ser burguês, de preferência com significativo lastro bancário. Entre 1912, primeira vez em que botou os pés na Europa, e 1927, Oswald passou cinco temporadas na cidade e, "sempre disposto a atender as solicitações atmosféricas do ambiente parisiense", como observa Benedito Nunes,[12] tirou partido literário dela como nenhum outro escritor brasileiro. Mais do que retratá-la ou nela se "inspirar", devorou-a como referência e badulaque, influência genuína e clichê, referência expressiva e firula. "Paris ajoelhou a seus pés coberto de lagartixas arborizadas", diz o narrador sobre a chegada triunfante de Serafim. "Ele, então, dirigiu-lhe este ora viva!"

"A Lapa daquela época, todas as vezes que penso nela, espraia-se na minha memória como um jato de éter frio e alucinante", escreve Di Cavalcanti ao rememorar, em 1933, o bairro carioca em dias gloriosos e que já via distantes. Saudava, no entanto, os novos personagens da boemia intelectual: "o gordo poeta Schmidt" e "o magro Murilo Mendes", Candido Portinari "com seu passinho de siri", "Oswald de Andrade com seu ar de profeta vegetariano e Pagu", que "entopem-se de sandwichs na Capela". Todos eles figurantes na "procissão contínua da Lapa [...] compassada pelos ruídos dos rádios e dos bondes — tango argentino e samba, valsa romântica e trechos da 'Traviata'".[13]

Em 1933, Pagu e Oswald não formavam mais um casal, mas pontificavam na vida política, artística e literária da cidade. No Palace Hotel, retratos dos dois são comentados na exposição que Portinari inaugurou em julho.[14] Nas livrarias, *Serafim Ponte Grande* chega pouco depois de *Parque industrial*, "romance proletário" que, por exigência do Partido Comunista, Pagu assinou como Mara Lobo e teve a primeira edição bancada por Oswald. Na imprensa, são recebidos com expressiva rejeição nas bases do conservadorismo estético, moral e político, sendo as críticas de Saul Borges Carneiro e Múcio Leão, aqui reproduzidas, raros comentários, entre seus contemporâneos, em consonância com o espírito do livro.[15]

Seria preciso cinco décadas para que um crítico do talhe de Augusto de Campos, comprometido com a invenção, destacasse *Parque industrial* como uma "última pérola modernista engatada na pedreira do nascente romance social de 1930".[16] Antes dele, Kenneth David Jackson já havia advertido que o livro de Pagu "poderia ser lido como o documento e testemunho da exploração e transformação industrial e assim esclarecer e iluminar o agressivo prefácio de *Serafim Ponte Grande*".[17] A desqualificação de *Parque industrial* aponta para as dificuldades de seus contemporâneos caros tanto a Pagu quanto ao próprio Oswald.

Para adensar ainda mais a trama, o lançamento de *Cacau*, também em 1933, colaboraria para ressaltar a tensão em torno de *Serafim* e do engajamento, pois com raras exceções a crítica deixou de morder a isca que Jorge Amado oferecia numa "nota" que abre seu segundo livro: "Será um romance proletário?".

No *Boletim de Ariel*, influente revista publicada pela mesma casa editorial de *Serafim*, Murilo Mendes faz um elogio superlativo a *Cacau* — "com este livro entra Jorge Amado para o primeiro *team* dos novos escritores brasileiros" — e desanca *Parque industrial*, segundo ele distante do "romance proletário" que declara ser. "É uma reportagem impressionista, pequeno-burguesa, feita por uma pessoa que está com vontade de dar o salto mas não deu", escreve. "Parece que para a autora o fim da revolução é resolver a questão sexual".[18] Meses mais tarde, em *O Homem Livre*, jornal da Frente Única Antifascista, Eneida de Morais, ativa militante do Partidão, mira em Amado, mas acerta Pagu e Oswald:

A novidade atualmente no Brasil é a preocupação de intitular proletária uma literatura pornográfica e falsa. E aparecem então os monstruosos livros de Pagu, Oswald de Andrade etc. etc. Palavrões. Pornografias. Libidinagem. Livro tipicamente fim de regime, próprio para os delírios sexuais de semivirgens. Mas o termo proletário está grassando epidemicamente.[19]

"O palavrão como recurso literário", artiguete sem assinatura no *Diário de Notícias*, também evoca *Cacau* para censurar, em Amado e Oswald, a linguagem de livros tão diferentes em concepção e realização. "Se tem o merecimento de permitir, às vezes, a flagrância da realidade", argumenta o anônimo redator, o palavrão "tem o defeito de ser fácil e, assim, descambar na pornografia, que deforma irremediavelmente. Foi o que aconteceu com o *Serafim Ponte Grande*, de Oswald de Andrade, que ficou indecente".[20]

Restrições menos moralistas e, por isso, importantes, viriam de Manuel Bandeira, para quem o Oswald que assina o *Serafim* está longe de ser outro intelectual: "é ainda o palhaço da burguesia". O comentário curto e demolidor publicado em *Leitura*, revista recém-criada por Augusto Frederico Schmidt, sustenta que o romance "quase não interessa" depois de *Memórias sentimentais de João Miramar*, do qual seria mera "repetição". E vê no livro uma explicação um tanto abstrusa para os eternos — e previsíveis — conflitos entre Oswald e o Partido Comunista: "não se imagina ninguém mais longe da mentalidade marxista: o marxista é um sujeito sério como o antimarxista. O jovem Otávio de Faria se parece muito mais com um marxista do que Oswald de Andrade".[21]

Poucos meses depois, o próprio Otávio de Faria lamenta, com a "seriedade" que lhe imputava Bandeira, como a burguesia nacional "não teve sorte" com três escritores do momento: Amando Fontes, Amado e Oswald. Ao primeiro, ainda concede algum valor por *Os Corumbas*, também recém-lançado; já os dois outros só usariam a literatura para "denunciar" (caso de *Cacau*) e "destruir e borrar de preto" (*Serafim*). A causa de tais desvios parece óbvia ao articulista: uma vez que "a revolução proletária" não tenha se consumado, "alguns burgueses de talento, revolucionários da pena, estão se vingando do fracasso revolucionário com a destruição literária da burguesia [...] sujando-a de todos os modos possíveis e com todas as riquezas da linguagem de colégio de engraxate". O autor de *Tragédia burguesa*, ciclo de romances que chegaria a treze volumes, ressalva que suas preocupações sobre um futuro do romance dizem respeito a Amado, autor "de grande talento", mas de forma alguma a Oswald, em sua avaliação um escritor "bem menos dotado, mas às vezes com certo espírito".[22]

Jorge Amado e Oswald de Andrade eram, de fato, aliados acima de todas as suas óbvias diferenças. Quando o jovem escritor baiano declarou sua admiração, abordando Oswald na sede das Edições Ariel, o modernista, então isolado de seus pares, pressentiu: "Ia reiniciar minha existência literária ao lado de alguém que representava realmente uma geração".[23] Em 1934, a propósito do lançamento de *O homem e o cavalo*, Amado destacaria a importância de Oswald como intelectual que "não só seguiu para a frente, como seguiu para a extrema". *Serafim Ponte Grande* é, em seu entender, o fim não apenas de um ciclo na obra de escritor, mas "o fim de toda a literatura do café, a última página da literatura modernista". E o discutido prefácio seria atestado inequívoco do "rompimento com o passado de ligações safadas e um plano de futuro".[24]

O que a teoria uniu, a práxis separou. Impedido pelo Partidão de se candidatar a deputado por São Paulo nas eleições de 1945, Oswald atribuiu o veto a uma sabotagem do amigo em que tanto confiara — o que Amado negaria com veemência ao longo da vida. Os elogios superlativos que dispensara ao autor de *Jubiabá* — "ele é Castro Alves" — dariam lugar aos apelidos e juízos ferinos tão temidos. De gênio redivivo, Amado passa a ser "o bardo nazibaiano", "o mais improbo sujeito de nossa literatura",[25] "seco e reduzido a um alto-falante que mecanicamente repete as lições do DIP vermelho do Kremlin". Ter sido contemplado com uma das maiores honrarias da União Soviética de 1951 não melhoraria em nada seu conceito aos olhos do ex-amigo: "Da traição e da subserviência, Jorge passou ao badalo e à morte intelectual pela mediocridade. Não há dúvida que merece o Prêmio Stalin".[26]

Em suas memórias, Amado detalha o entrevero, que atribui às intrigas típicas da política miúda. Não sem pontuar o descompasso que via entre o temperamento do escritor paulista e a militância organizada: "Oswald não era homem para suportar a disciplina partidária, as tenazes do centralismo democrático, forma de sujeição férrea, absoluta".[27]

"A revolução de 1922 acabou, embora até hoje o sr. Oswald de Andrade permaneça de facho em riste, bancando o Trótski, em solilóquio com a revolução permanente", escreveria Pagu em 1948, tomando a defesa de seu ex-companheiro, isolado no I Congresso Paulista de Poesia — o encontro, promovido pela *Revista Brasileira de Poesia*, resultou num embate público entre a chamada "Geração de 45" e o modernismo, que de estilingue passara a vidraça. A comunicação, depois publicada no *Diário de S. Paulo*,[28] era coassinada por seu marido, Geraldo Ferraz, escritor e "açougueiro" da segunda dentição da *Revista de Antropofagia*. Dois anos depois, Pagu voltava a ser de alguma forma autora — "Patricia Galvão lê estas linhas e comigo presta a homenagem que o poeta merece" — de um veemente elogio de Ferraz ao "maior livro produzido pelo modernismo brasileiro em ficção" por ocasião dos sessenta anos do escritor:

A publicação de *Serafim Ponte Grande* é assim um ato revolucionário, mas que deve ser, antes, literariamente considerado, pela ressurreição que representa — cinco anos depois de terminado o livro — do escritor em sua forma melhor cuidada, em sua expressão mais coruscante de um Expressionismo virulento, adotando a mais completa e consequente maneira literária que jamais aconteceu nesse país. O ato revolucionário não está na explicação do prefácio; está na publicação do livro, em sua forma autêntica.[29]

Ainda que não seja possível ou desejável desassociar o romance do prefácio, o comentário de Geraldo Ferraz aponta para a dimensão menos conjuntural da admirável energia contestatória de Oswald. Em 1933, a violenta e galhofeira declaração de princípios foi eficiente em desvinculá-lo das vertentes reacionárias do modernismo. Mas na década seguinte, diante de impasses e questões da própria esquerda, Oswald submeteria o marxismo ao que Benedito Nunes chamou de "filtragem antropofágica", revisão crítica construída a partir do manifesto de 1928 e, portanto, de um ponto de vista não reacionário e original.

É difícil circunscrever a anarquia de *Serafim Ponte Grande* a um "epitáfio" do que um dia o escritor teria sido, como afirma ele com estudado exagero. No curto-circuito entre centro e periferia, no esboroamento de valores estéticos, de identidades políticas e sexuais, o périplo do protagonista é uma espécie de roteiro das questões que um intelectual como Oswald, solitário em sua complexidade, se dispõe a enfrentar. O mundinho burguês, que no livro se percorre aos saltos e gargalhadas, é a superfície farsesca das questões mais fundas da "devoração antropofágica", enfrentamento de um "inimigo de muitas faces" assim resumidas por Nunes:

o aparelhamento colonial político-religioso repressivo sob que se formou a civilização brasileira, a sociedade patriarcal com seus padrões morais de conduta, as suas esperanças messiânicas, a retórica de sua intelectualidade, que imitou a metrópole e se curvou ao estrangeiro, o indianismo como sublimação das frustrações do colonizado, que imitou atitudes do colonizador.[30]

É certo que entre a São Paulo conflagrada e a Paris libertária dos anos 1920 não circulavam índios, como parece claro que, como afirmaria Antonio Candido, ocorre em *Serafim* uma "transposição do primitivo antropofágico para a escala da cultura burguesa". O *"Macunaíma* urbano" a que Candido alude faria do brasileiro citadino, colonizado e deslumbrado com a própria subjugação cultural e social, "uma espécie de primitivo na era técnica, que afinal se dissolve no mito".[31] Ao demolir continuamente os valores dos "intelectuais brincando de roda", Oswald também se demole, abre mão de um lugar marcado — ou simplesmente de um lugar — nesse jogo em permanente tensão.

Irredutível às liturgias do partido em que militou sempre às turras, incompatível com o rigor mortis da universidade a que tentou se filiar no final da vida, Oswald de Andrade chegou, em *Serafim*, a uma espécie de substrato do levante. Em entrevista a Radhá Abramo, publicada menos de um mês antes de sua morte, seria direto ao declinar sua preferência entre o que publicou: "O melhor é *Serafim Ponte Grande*".[32]

Se a "revolução permanente" encontrou limites históricos, o espírito de insurreição não os conhece — tarefa sempre retomada pelos poucos que se dispõem a manter "o facho em riste".

Notas

1 Antonio Candido, "Digressão sentimental sobre Oswald de Andrade". In: *Vários escritos*. 5. ed. corr. pelo autor. Rio de Janeiro: Ouro sobre Azul, 2011, p. 35.

2 Trata-se de "Estouro e libertação", ensaio de 1944, incluído em *Brigada ligeira*. 3. ed. rev. pelo autor. Rio de Janeiro: Ouro sobre Azul, 2004, pp. 11-27.

3 Antonio Candido, "Os dois Oswalds". In: *Recortes*. 3 ed. rev. pelo autor. Rio de Janeiro: Ouro sobre Azul, 2004, p. 44.

4 Augusto de Campos, "Oswald, livro livre", ensaio de 1992 publicado como separata na edição fac-similar do *Primeiro caderno do aluno de poesia Oswald de Andrade* (São Paulo: Companhia das Letras, 2018).

5 Torquato Neto, *Os últimos dias de Paupéria*. São Paulo: Max Limonad, 1982, p. 197.

6 Torquato Neto, *Torquatália — Geleia geral* vol. 2. Rio de Janeiro: Rocco, 2004, pp. 343-4

7 Caetano Veloso, *Verdade tropical*. São Paulo: Companhia das Letras, 2017, p. 259.

8 "Assim falou o Papa do Futurismo — Como Mário de Andrade define a escola que chefia". *A Noite*, Rio de Janeiro, 12 dez. 1925.

9 Severino Silva, "S. Paulo — oficina de trabalho e de pensamento". *O Paiz*, Rio de Janeiro, 23 abr. 1930.

10 "Separado, serei o teu melhor marido", nota de Oswald em 2 de junho de 1931 em "O romance da época anarquista — Ou o livro das horas de Pagu que são minhas", diário que o casal manteve entre 1929 e 1931. Augusto de Campos, *Pagu: Vida-obra*. São Paulo: Companhia das Letras, 2014, p. 113.

11 Oswald de Andrade, "Sob as ordens de mamãe", entrevista de 1954. In: *Os dentes do dragão: Entrevistas*. Org. de Maria Eugenia Boaventura. 2. ed. rev. e ampl. São Paulo: Globo, 2009, p. 375.

12 Benedito Nunes, "Antropofagismo e surrealismo". *Remate de Males*, Campinas: IEL-Unicamp, v. 6, p. 16, 1986. Disponível em: <https://periodicos.sbu.unicamp.br/ojs/index.php/remate/article/view/8636339>.

13 Di Cavalcanti, "Lapa — Reportagem carioca", *A Nação*, 16 jul. 1933.

14 Em 1933, Portinari fez três retratos de Pagu, dois desenhos e um óleo. Na mostra do Palace Hotel, exibiu este último, hoje no acervo do Museu de Arte Brasileira da Faap. O retrato de Oswald, um desenho a grafite, foi executado no mesmo ano e, segundo registro do Projeto Portinari, integra coleção particular. Dois anos mais tarde, o pintor assinaria um novo retrato de Oswald, óleo que é parte da coleção do Museu Nacional de Belas-Artes.

15 Para um panorama da recepção de *Serafim*, ver Kenneth David Jackson, "50 anos de *Serafim*: A recepção crítica do romance". *Remate de Males*, Campinas: IEL-Unicamp, v. 6, p. 27, 1986.

16 Augusto de Campos, *Pagu: Vida-obra*, op. cit., p. 383.

17 "Patrícia Galvão e o realismo-social brasileiro dos anos 30". *Jornal do Brasil*, Rio de Janeiro, 22 maio 1978.

18 Murilo Mendes, "Nota sobre *Cacau*". *Boletim de Ariel*. Rio de Janeiro, ano II, n. 12, p. 317, set. 1933.

19 Eneida, "Ainda sobre *Cacau* de Jorge Amado". *O Homem Livre*, São Paulo, 3 jan. 1934.

20 *Diário de Notícias*, 20 ago. 1933.

21 Manuel Bandeira, *Crônicas inéditas 2*. Org. de Júlio Castañon Guimarães. São Paulo: Cosac Naify, 2009, p. 139.

22 Otavio de Faria, "Jorge Amado e Amando Fontes". *Boletim de Ariel*, Rio de Janeiro, ano III, n. 1, p. 7, out. 1933 a set. 1934.

23 Oswald de Andrade, "Fraternidade de Jorge Amado". In: *Ponta de lança*. São Paulo: Globo, 2004, p. 82.

24 Jorge Amado, "O homem e o cavalo". *Boletim de Ariel*, Rio de Janeiro, ano III, n. 10, p. 269, jul. 1934.

25 Oswald de Andrade, "3 Linhas e 4 Verdades". In: *Telefonema*. Org. de Vera Chalmers. 2. ed. Rio de Janeiro: Civilização Brasileira, 1976, p. 103.

26 Oswald de Andrade, "Telefonema". In: *Telefonema*. Org. de Vera Maria Chalmers. 2. ed. aum. São Paulo: Globo, 2007, pp. 529-30.

27 Jorge Amado, *Navegação de cabotagem*. São Paulo: Companhia das Letras, 2012, p. 113.

28 Patricia Galvão, "Contribuição para o julgamento do Congresso de Poesia". In: Augusto de Campos, *Pagu: Vida-obra*, op. cit., p. 252.

29 Geraldo Ferraz, "Oswald de Andrade, uma apologia e um libelo". *Jornal de Notícias*, São Paulo, 19 fev. 1950.

30 Benedito Nunes, "Antropofagia ao alcance de todos". In: Oswald de Andrade, *A utopia antropofágica*. São Paulo: Globo, 2011, p. 21.

31 "Digressão sentimental sobre Oswald de Andrade". In: Antonio Candido, *Vários escritos*, op. cit., pp. 60-1.

32 Oswald de Andrade, *Os dentes do dragão: Entrevistas*, op. cit., p. 385.

SERAFIM: UM GRANDE NÃO LIVRO*

HAROLDO DE CAMPOS

O mais impressionante sintoma da literatura moderna estará talvez em vermos surgir cada vez mais, sob nossos olhos, um modo de escritura novo, unitário, global, onde as distinções de gêneros, radicalmente abandonadas, deixam lugar àquilo que se deve chamar "livros" — mas livros para os quais, é preciso dizer, nenhum método de leitura está ainda praticamente definido.[1]

QUEM FAZ ESTA REFLEXÃO é um jovem escritor francês, Philippe Sollers, da geração que sucede à dos autores do chamado *nouveau roman* e se reúne, desde os primeiros anos da década de 1960, na tribuna experimental da revista *Tel Quel*.

O romance-invenção[2] *Serafim Ponte Grande*, de Oswald de Andrade, "escrito de 1929 para trás" (ou "terminado em 1928", como se lê no prefácio) e publicado em 1933, é uma dessas obras que põem em xeque a ideia tradicional de gênero e obra literária, para nos propor um novo conceito de livro e de leitura. Nas *Memórias sentimentais de João Miramar* (concluídas em 1923, publicadas em 1924), Oswald já fizera esta experiência de limites, abolindo as fronteiras entre poesia e prosa. Agora ele a radicali-

---

* Publicado originalmente em Oswald de Andrade, *Memórias sentimentais de João Miramar. Serafim Ponte Grande*. Rio de Janeiro: Civilização Brasileira, 1971, pp. 99-127. Obras completas II. (N. C.)

za numa outra dimensão, utilizando-se das conquistas estilísticas anteriores, mas entrando ainda mais fundo — se assim é possível dizer — na desarticulação da forma romanesca tradicional.

A contestação do livro, como objeto bem caracterizado dentro de um passado literário codificado e de seus ritos culturais, começa aqui, desde logo, pela materialidade, pela fisicalidade desse objeto. No lugar onde costumeiramente se indicam as "Obras do autor", a relação destas vem sob a rubrica "Obras renegadas", e o próprio livro que se está para ler, o *Serafim Ponte Grande*, é incluído entre os títulos "repudiados". A indicação de *copyright* — chancela dos direitos do autor e da propriedade literária — é parafraseada em tom escarninho ("Direito de ser traduzido, reproduzido e deformado em todas as línguas"). Há uma "Errata", deslocada de sua posição habitual, que funciona autonomamente, como se fora um capítulo. Finalmente, o que corresponderia a um cólofon (indicação da data da elaboração do livro) é também submetido a um tratamento inusitado: a cronologia é posta ao revés, como se vista pelas lentes distanciadoras de um binóculo focalizado ao contrário: "Este livro foi escrito de 1929 (era de Wall Street e Cristo) para trás"; isto sem falar na inclusa paródia às datações clássicas (a.C., d.C., Ano da Graça, Anno Domini etc.).

Tais signos de tipo *indicial* (referimo-nos à classificação de Peirce, aos signos que têm a função de *índices*)[3] apontam como setas para a realidade de um objeto que conhecemos com estas marcas localizadoras e características — assim como tabuletas de tráfego nos indicam um caminho ou nos alertam da presença de uma escola ou de um hospital —, porém, simultaneamente, o "tornam estranho", o "desautomatizam" para nossa percepção, no ato mesmo em que o sinalizam, o emblematizam até.

Ostraniénie — eis como a crítica formalista russa, das primeiras décadas deste século, procurava definir este processo de quebra da "automatização", da inércia a que somos submetidos pela rotina. O familiar nos aparece como algo novo, desconhecido, se nós alterarmos as relações normais de sua apresentação por um "efeito de estranhamento". Víctor Chklóvski, que empregou esse conceito em seu estudo "Iskusstvo kak prióm" [A arte como procedimento], de 1917, considerado como um verdadeiro manifesto do formalismo russo,[4] desenvolveu também a ideia do "desnudamento do processo" (ou "procedimento" — *obnajénie prioma*), como um aferidor da especificidade da obra de arte. Para ele, *Tristram Shandy* de Laurence Sterne era a obra romanesca mais típica da literatura universal (ao invés de um caso de exceção e de extravagância como geralmente se sustentava), justamente porque punha a nu a estrutura mesma do romance, na medida em que a perturbava, a "desautomatizava" para a recepção do leitor. "Sterne foi um extremado revolucionário da forma" — opina Chklóvski —, "o desnudamento do processo para ele é típico."[5] O *Tristram Shandy*, esta obra aparentemente bizarra e idiossincrática escrita na segunda metade do século XVIII (1759-67), é realmente um marco pioneiro da revolução do objeto livro que se projeta de maneira avassaladora e irreversível em nosso século, agora tendo por aliadas (ou, ao menos, por instigadoras) as novas técnicas de reprodução e transmissão da informação, os novos *media* e *intermedia* da comunicação de massas.

O *Serafim* de Oswald de Andrade, como o *Tristram* de Sterne, é um livro que, desde logo, põe em discussão a sua estrutura. Já no *Miramar*, Oswald desenvolvera o projeto de um livro estilhaçado, fragmentário, feito de elementos que se deveriam articular no espírito do leitor, um livro que era como que a antologia de si mesmo.[6] Mas no *Miramar*, embora a pulverização dos capítulos habituais produza um efeito desagregador sobre a norma da leitura linear, não deixa de existir um rarefeito fio condutor cronológico, calcado no molde residual de um *Bildungsroman*, que nos oferece — em termos paródicos, é verdade — a infância, a adolescência, a viagem de formação, os amores conjugais e extraconjugais, o desquite, a viuvez e o desencanto meditativo do herói, o "literato"-memorialista cujo nome lhe dá o título.

Agora, no *Serafim*, a preocupação de Oswald com o arcabouço de seu livro o leva a uma espécie de *continuum* da invenção, a uma estrutura proteica, lábil, de caixa de surpresas. Se no *Miramar* a grande inovação se punha sobretudo no nível da sintaxe da escritura, no nível microestético do encadeamento estilístico das unidades do texto (palavras e frases), aqui é a *grande sintagmática* da narrativa que merece a atenção especial do autor. No *Miramar*, pudemos reconhecer um estilo cubista ou metonímico, na maneira pela qual Oswald recombinava os elementos frásicos à sua disposição, arranjando-os em novas e inusitadas relações de vizinhança, afetando-os em seu nexo de contiguidade, como se fosse um pintor cubista a desarticular e rearticular, por uma ótica nova, os objetos fragmentados em sua tela. Agora, no *Serafim*, essa técnica cubista, esse tratamento metonímico, parece ocorrer no nível da própria arquitetura geral da obra, na macroestrutura portanto.[7] O *Serafim* é um livro compósito, híbrido, feito de pedaços ou "amostras" de vários livros possíveis, todos eles propondo e contestando uma certa modalidade do gênero narrativo ou da assim dita arte da prosa (ou mesmo do escrever *tout court*). Cada um desses excertos ou trailers de livros virtuais funciona, no plano macrossintagmático, no plano do arcabouço da obra, como uma alusão metonímica a um determinado tipo catalogado de prosa, convencional ou pragmática (de uso cursivo), que nunca chega a se impor totalmente ao esquema do livro oswaldiano para lhe dar uma diretriz uniforme, mas antes acena — num processo alusivo e elusivo — com um modo literário *que poderia ser e que não é*. A operação metonímica — ou mais exatamente a sinédoque, na fórmula *pars pro toto* da retórica tradicional (os pedaços de livros que, tomados pelo todo, indicam um certo gênero ou uma certa espécie no acervo literário inventariado) — adquire então função *metalinguística*, pois é por meio dela que o livro faz a crítica do livro (do romance em particular e, por extensão, da prosa e da escrita "artística" ou não). Neste exercício manifestamente paródico, não deixa de ser passada em revista, de maneira caótica mas nem por isso menos significativa, a própria história do gênero romance, a sua diacronia. Wellek e Warren, expondo a teoria de André Jolles segundo a qual as formas literárias complexas representam o desenvolvimento de unidades mais simples (*Legende, Sage, Mythe, Rätsel, Spruch, Kasus, Memorabile, Märchen, Witz*), observam que a maturidade do romance se nutriu também de *einfache Formen* como a carta, o diário, o livro de viagens, a memória, o ensaio etc.[8]

Ainda na projeção da metonímia sobre a *grande sintagmática* da narrativa, tal como ocorre no *Serafim*, é possível identificar um processo característico do cubismo: a colagem, a justaposição crítica de materiais diversos, o que em técnica cinematográfica parece equivaler de certo modo à montagem. A colagem — e mesmo a montagem — sempre que trabalhem sobre um conjunto já constituído de utensílios e materiais, inventariando-os e remanipulando-lhes as funções primitivas, podem se enquadrar naquele tipo de atividade que Lévi-Strauss define como *bricolage* (elaboração de conjuntos estruturados, não diretamente por meio de outros conjuntos estruturados, mas pela utilização de resíduos e fragmentos), a qual, se é característica da *pensée sauvage*, não deixa de ter muito em comum com a lógica de tipo concreto, combinatória, do pensamento poético.[9]

Oswald, *bricoleur*, fez um livro de resíduos de livros, um livro de pedaços metonimicamente significantes que nele se engavetam e se imbricam, de maneira aparentemente desconexa, mas expondo, através desse hibridismo crítico, disso que poderia chamar uma "técnica de citações" estrutural, a vocação mais profunda da empresa oswaldiana: fazer um não livro, um antilivro, da acumulação paródica de modos consuetudinários de fazer livro ou, por extensão, de fazer prosa (ou ainda, e até mesmo, de expressão por escrito). Antonio Candido, num estudo fundamental sobre a prosa de Oswald, referiu-se ao *Serafim* como "fragmento de grande livro".[10] Esta valorização, a par do que revela de apreço de parte do crítico pelo experimento oswaldiano ("tem muito de grande livro", insiste Candido em outra passagem), envolve uma restrição quanto a certo "comodismo estético" da técnica empregada, que não permitiria aprofundar os problemas de composição. Hoje, com a perspectiva adquirida nestes últimos vinte anos, a questão poderá talvez ser reformulada: justamente através da síncope técnica e do inacabamento dela resultante é que a construção ficava manifesta, é que a carpintaria do romance tradicional, como *prióm*, como procedimento, era posta a descoberto. Retomando a definição de Antonio Candido, gostaríamos de repropô-la assim: o *Serafim* é um grande não livro de fragmentos de livro.[11]

Para o reconhecimento das *grandes unidades sintagmáticas* que estruturam a mensagem narrativa num livro dado — ou, em outras palavras, que armam essa mensagem como corpo de linguagem sobre o eixo de contiguidade — há, desde logo, um elemento intencional de cesura, de pausa, que impõe limites estéticos aos ictos da ação ou da narração. Este elemento autoriza fazer coincidir, grosso modo, num primeiro nível arquitetônico, tais *grandes unidades* com as divisões tradicionais em episódios ou capítulos.[12] Evidentemente que esta partição é artificial, responde a um certo ritmo exterior de construção e não à lógica íntima do encadeamento narrativo. Uma análise mais refinada vai reconhecer sob essas *grandes unidades* de superfície as verdadeiras funções constitutivas dos grandes sintagmas narrativos, as quais — sob a forma codificada de "blocos" ou "cadeias" de sintagmas do tipo "herói deixa a casa e se encontra com um adversário"[13] — podem englobar mais de um episódio, mais de uma *grande unidade* naquela primeira acepção que demos ao conceito. Pois, se é verdade que um capítulo pode ser constituído tanto por uma só frase como por muitas páginas[14] — e temos exemplos de *grandes unidades* brevíssimas neste *Serafim* —, não é menos exato que uma única função ("fuga à perseguição", por exemplo) pode recobrir — como também veremos no caso do *Serafim* — várias dessas unidades-episódios. Feitas estas considerações, passemos à parte mais propriamente analítica.

No sintagma de grau máximo (ou *sobressintagma*) que é o *Serafim* visto como todo — por outras palavras, na sua arquitetônica —, podemos distinguir, diferenciadas até pela caracterização gráfica, em lugar dos usuais capítulos de romance, e em lugar ainda das peças soltas, dos fragmentos de "antologia", do *Miramar*, as seguintes *grandes unidades* (de superfície), dotadas de relativa autonomia:

A) ESQUEMA DAS GRANDES UNIDADES (DE SUPERFÍCIE)

I. RECITATIVO

II. ALPENDRE

III. FOLHINHA CONJUGAL

IV. TESTAMENTO DE UM LEGALISTA DE FRAQUE

V. NO ELEMENTO SEDATIVO

VI. CÉREBRO, CORAÇÃO E PAVIO

VII. O MERIDIANO DE GREENWICH

VIII. OS ESPLENDORES DO ORIENTE

IX. FIM DE SERAFIM

X. ERRATA

XI. OS ANTROPÓFAGOS

Estas unidades, por sua extensão e ingredientes, são mais simples ou mais complexas, podendo se resumir a uma rápida notação cenográfica (I. RECITATIVO) ou conter enclaves de material diverso, como é o caso de IV. TESTAMENTO.

Evidentemente, tudo é conduzido em pauta paródica — e a paródia aqui, como no caso de Sterne ou de Joyce, é o meio natural para o "desnudamento do processo". I. RECITATIVO apresenta o protagonista à maneira de uma rubrica teatral. Em II. ALPENDRE encontramos um excerto gaiato de cartilha ("Primeiro contato de Serafim e a malícia"); um quase retalho de composição infantil ("Recordação do país infantil"); um estilo ingênuo-poético-malicioso que lembra o primeiro fragmento do *Miramar* ("O pensieroso"); poemas-paródia ("Paráfrase de Rostand", "Propiciação"), o primeiro assinado anagramaticamente — "Mifares" —, ao gosto dos vates de almanaque, e fazendo troça com o estilo ameno-sentimental de um autor finissecular que teve muita voga, Edmond Rostand; um excurso dedicado à iniciação amorosa e intitulado solenemente "Da adolescência", com este subtítulo em contraponto humorístico: "ou seja A idade em que a gente carrega embrulhos";[15] uma cena dialogada de teatro bufo ("Vacina obrigatória"). III. FOLHINHA CONJUGAL é uma contrafação de diário íntimo, com frequentes alusões "literárias" que funcionam como paródia dentro da paródia. Vejam-se por exemplo estas anotações, das quais ressaltam as preocupações e veleidades "beletristas" de Serafim (o barbarismo "pecedônimo" é um ingrediente óbvio da sátira):

Ando com vontade de escrever um romance naturalista que está muito em moda. Começaria assim: "Por todo o largo meio disco da praia de Jurujuba, havia uma vida sensual com ares gregos e pagãos. O mar parecia um sátiro contente após o coito".

A questão da impersonalidade em arte. O conhecimento com detalhes do escabroso caso Victor-Hugo-Sainte Beuve [...]

Volto de novo a preocupar-me com o romance que imaginei escrever e que acho que sairá com pecedônimo. Tenho alguns apontamentos tomados sobre o tipo principal, a jovem Marquesa de M...

É verdade, minha esposa dá ganas de escrever um drama social em três atos tétricos.

Saio à noite e procuro o Pires de Mello que lê-me pela terceira vez a sua encantadora novela "Recordação de um ósculo".

O diário prossegue num apêndice ("O terremoto Doroteu"), do qual foi extraída a última citação acima. Esse apêndice é introduzido por uma epígrafe em estilo de crônica mundana da época ("Salve Doroteia! Dançarina dos tangos místicos, flexão loira, boca onde mora a Poesia!"). Doroteia evoca Rolah do *Miramar*, e a epígrafe e a frase do "literato Pires de Mello" ("Tão loira que parece volatizar-se na manhã loira!") recordam outra personagem daquele primeiro romance, Machado Penumbra, escrevendo impressões no "álbum de Mlle. Rolah" ("A sua loira e estranha divindade dominou a sala fantástica até extinguir-se a última nota da mágica orquestra"). Assim Oswald punha em ridículo a literatura "sorriso-da-sociedade", a fútil literatice de salão vigente em seu tempo (e sobrevivente ainda hoje!). Para que se possa avaliar a eficácia da paródia, leia-se este excerto de um magazine da época, *A Cigarra*, de 7 de dezembro de 1916 (n. 56):

Carmem Lídia

Flor d'arte, de graça e beleza, essa loira criança já intensamente palpita no sentimento estético do brasileiro. Quem é ela? — Uma pequenina grega tropical, que veste a *robe* ligeira de passeio e faz, como ninguém, a esquiva *boulevardière*; que cinge o *maillot* negro e, ágil, precipita-se, como um turbilhão de vida moça, nas vagas do Flamengo; que se enroupa nas fantasias doidas de Salomé e faz renascer, no palco, o encanto bíblico da filha estranha de Herodíades...

Carmem Lídia está de passagem por São Paulo, com destino a Buenos Aires, onde vai iniciar a sua primeira *tournée*, levando aos palcos das capitais sul-americanas, na perfeição da sua plástica, um raio vivo da nossa arte.[16]

TESTAMENTO DE UM LEGALISTA DE FRAQUE (IV), além do retrospecto das peripécias de Serafim na cidade conflagrada,[17] contém uma paráfrase de notícia político-jornalística ("Noticiário"); uma espécie de *objet trouvé* (um "Abaixo-assinado por alma de Benedito Carlindoga"); um "ensaio nirvanista" ("O Largo da Sé"), caricaturando os discursos sobre o óbvio de certa subliteratura meditativo-filosofante; um "Cômputo" (que funciona como registro cenográfico, e cujas implicações veremos mais adiante); um "Intermezzo", combinando teatro bufo e romance de folhetim (este anunciado pela pluralidade disjuntiva dos subtítulos: "Dinorá a todo cérebro ou seja A estranha mulher do Copacabana Palace ou seja A ex-peitudinha do Hotel Fracaroli ou seja O mais belo amor de Cascanova"). Aqui é oportuno observar que não apenas a literatura "cultivada", mas também as manifestações menos "nobres" do exercício da escrita — da imprensa popular à literatura folhetinesca, do romance de aventuras ao epistolário de circunstância — são convocadas por Oswald de Andrade, que assim, enquanto provoca o "estranhamento" do gênero *romance*, dissolvendo-lhe a categoricidade, o dessacraliza, utilizando o material "nobre" ou "artístico" — vejam-se certas passagens onde a intencionalidade da escritura estética é evidente, sobretudo nas descrições de lugares e ambientes que pontilham este *Serafim* — ao lado do mais banal, da cartilha ao livro de cordel, do abaixo-assinado à carta, à intimação judicial, ao diário de *boudoir*. Esta dessacralização, num outro nível, é desempenhada pelas súbitas intervenções, em anticlímax grotesco, de palavras chulas e do humor escatológico via trocadilho (veja-se, por exemplo, como Serafim encerra as suas desavenças matrimoniais em "O terremoto Doroteu", apêndice da FOLHINHA CONJUGAL; ou, na mesma FOLHINHA, a malsucedida aventura de Serafim com a criada...).

Mas voltemos ao exame das *grandes unidades* que articulam o livro. A quinta é NO ELEMENTO SEDATIVO. Embora estejamos diante de uma "relação de viagem" em transatlântico (*steam ship*) cosmopolita, a nota cômica é dada desde logo pela desfiguração "caipirizante" do nome do navio, *Rompe-Nuve*, como se se tratasse de um cavalo roceiro; o mesmo se diga da epígrafe ("Mundo não tem portera"), também em "dialeto caipira". Entra aqui, entre outros ingredientes, um "dicionário de bolso", glossário de personagens, que tem algo a ver com o "Sottisier" e o "Dictionnaire des idées reçues" do *Bouvard e Pécuchet* de Flaubert. A história da Mariquinhas Navegadeira e das proezas do Pinto Calçudo a bordo é tratada à maneira das crônicas medievais e dos romances picarescos, com titulagem apropriada ("Onde se constata a existência de Mariquinhas Navegadeira [...]; "De como Pinto Calçudo, querendo fazer esporte, [...]" etc.). Por este veio Oswald remonta à literatura portuguesa de viagens dos séculos XV e XVI, que nos deu uma obra-prima, a *Peregrinação*, de Fernão Mendes Pinto, cuja estrutura autobiográfica é picaresca e cujo tom crítico e de cinismo ingênuo é também pícaro, como reparam agudamente António José Saraiva e Óscar Lopes.[18] O relato converge para uma "Poesia de bordo", onde se misturam arcaísmos: "gran", "assi"; estrangeirismos: "crêpe-santé", "mantô"; palavras ditas "poéticas": "zéfiro", "lúrida"; recursos voluntariamente histriônicos (rimas fáceis; a inversão sintática "Do navio as usinas"; a apócope "co" em lugar de "com"), tudo num clima de "pastiche" e derrisão. E culmina num curioso desenlace, com uma notação moderna ("Movietone"), alusiva a jornal cinematográfico, superposta ao cabeçalho medievalesco ("Interpelação de Serafim e definitiva quebra de relações com Pinto Calçudo"). Nesta cena chega ao auge o "desvendamento" do processo romanesco, pois, quebrando a ilusão e o distanciamento da leitura (até onde tais fatores ainda eram mantidos nesta obra sui generis), um dos protagonistas (Serafim) expulsa o outro (Pinto Calçudo) do livro: " — Diga-me uma coisa. Quem é neste livro o personagem principal? Eu ou você?". De fato, o primeiro via ameaçada sua condição de "herói" da narrativa pela atuação cada vez mais destacada do segundo, que lhe rouba praticamente, por hipertrofia de intervenção, o episódio da Mariquinhas Navegadeira... Este efeito de quebra da ilusão e de autonomização das personagens, que rompem a moldura ficcional e parecem se projetar para fora do espaço romanesco, é repetido de certa forma no fragmento "Propaganda", na sequência do livro:

Se Dona Lalá viesse agora de saias pelo joelho fazer as cenas indignas do começo do volume, nosso herói a fulminaria repetindo a frase do seu novo amigo, o Governador da Conchinchina:

— Não! Mas que educação é esta? Estaremos por acaso na Rússia!

CÉREBRO, CORAÇÃO E PAVIO é a sexta unidade estrutural a ser considerada. Abre com uma epígrafe da *História trágico-marítima*, compilação setecentista de folhetos relativos a naufrágios, os mais antigos dos quais remontam a meados do século XVI.[19] As epígrafes, no *Serafim*, têm sempre um propósito jocoso, por sofrerem uma deliberada deslocação de contexto, que lhes reverte a função, de séria para cômica, de edificante para burlesca e faceciosa (recorde-se a epígrafe de são Tomás de Aquino, que encima em tom equívoco o "Intermezzo", em IV. TESTAMENTO).[20] Há, nesta parte, muito da poalha pontilhista de episódios do *Miramar*, dos fragmentos descritivos que fixam a estada parisiense e as peregrinações europeias do primeiro herói oswaldiano. Não faltam ainda paródias em todos os níveis: poemas; cartas; lances oratórios; diálogos facetos em estilo de dramalhão; psitacismo de escola de idiomas ("A aula" é uma retomada escatológica do poema "escola berlites", de *Pau Brasil*); inquisitório de tribunal puxado a literatura de cordel ("Serafim no pretório — O bordel de Têmis ou Do pedigree de Pompeque"); um registro psicanalítico de sonho ("Confessionário") etc. Nas vinhetas descritivas acima referidas, comparece o característico estilo cubista já por nós identificado no *Miramar* e da contração metonímica deflagra muitas vezes a "metáfora lancinante": "Um gramofone sentimentaliza o planeta e a alemãzinha atira os seios como pedradas no lago". O que, em linguagem não perturbada pelos cortes metonímicos, pode ser "traduzido" da seguinte maneira: a) um gramofone emite música que produz efeito sentimental (em "um gramofone sentimentaliza" a causa eficiente é tomada pelo efeito); "planeta", objeto direto de "sentimentaliza", funciona como sinédoque (*totum pro parte*) em relação ao ambiente concreto em que se passa a cena (um lago suíço); b) a alemãzinha se debruça sobre o lago ou nele mergulha (os seios, como num close-up cinematográfico, são focalizados em lugar do corpo inteiro); agora, a metáfora imprevista: c) os seios rijos da moça, voltados para o lago, são equiparados a "pedradas na água"; no verbo "atirar" se concentra toda a carga explosiva da imagem, pois ele é ao mesmo tempo *metaforizado* (a ação de debruçar-se ou de mergulhar é comparada mentalmente à de disparar um projétil, que lhe assume o lugar na frase) e também *metonimizado* por força do inesperado objeto direto para o qual sua ação transita (o detalhe anatômico dos seios elásticos, como pedras que alguém "atirasse" no lago, representa o corpo inteiro da jovem que se inclina para a água ou nela se "atira").

O MERIDIANO DE GREENWICH é a sétima unidade compositiva, apresentada expressamente sob a forma de "Romance de capa e pistola" (notar a substituição maliciosa de "espada" por "pistola"...).

Este suposto romance entra no livro como um encarte de "Biblioteca da Juventude". Trata-se, outra vez, das peripécias de uma viagem marítima, com uma epígrafe atribuída a "Cristóvão Colombo e outros comissários de bordo". O relato assume uma empostação "fidalga", ao gosto dos romances de aventuras, com Serafim transformado em Barão Papalino e requestando uma evasiva Dona Solanja. A linguagem acompanha o tom geral, com tratamentos cerimoniosos e afetados ("Explicai-me, Senhor Barão!/ É-me fácil, minha senhora"), nos quais sempre intervém a contranota burlesca ("Permito tudo, Senhor Barão, menos uma coisa, murmurou ela ruborizada"). Os capítulos desta noveleta têm títulos no mesmo espírito enfático-sentimental: "I. A Viva morta! II. A mascarada flutuante. III. A sombra retrospectiva. IV. Vendetta!! e V. Epílogo final" (aqui o pleonasmo acentua a burleta). Como nos romances de "capa e espada", nos romances "românticos", a efusão amorosa acaba em tragédia (no caso, porém, em tragicomédia, com uma fuzilaria "fálica" e um linchamento humorístico). Ainda como nesses romances, a intervenção de uma nova personagem "justiçadora" (que se revela uma antiga "vítima" das aventuras serafínicas, a Doroteia do "Terremoto Doroteu") provoca o descabelado desenlace.

OS ESPLENDORES DO ORIENTE — a oitava unidade — é um episódio predominantemente conduzido no estilo descritivo--cubista do *Miramar*, fixando o cenário móvel das andanças de Serafim pela Grécia, Turquia, Egito, Palestina. Há um ritmo de romance policial nesta parte. Serafim ("nosso herói") corre atrás de duas misteriosas "girls-d'hoj'em-dia", lésbicas e disponíveis. Entremeiam-se anotações erótico-facetas do diário de *boudoir* de uma das "girls", Caridad-Claridad, convertida ao amor heterossexual pelo infatigável Serafim.

IX. FIM DE SERAFIM abre com um poema de torna-viagem e fecha com um discurso de Serafim aos pósteros, cujo título é reminiscente da parenética barroca ("Pregação e disputa do natural das Américas aos sobrenaturais de todos os Orientes"). Como não podia deixar de ser, neste livro de *false starts* e *false ends*, há ainda uma "Chave de ouro" pós-conclusiva: uma panorâmica da evolução urbana de São Paulo, em traço sintético de pintura Pau Brasil. A décima unidade é uma ERRATA que faz as vezes de capítulo, tratando, em modo grave-cômico, ao gosto das homenagens póstumas, da construção do "Asilo Serafim" pelos familiares e amigos do falecido herói. O primeiro hóspede desse manicômio memorial, "destinado ao tratamento da loucura sob suas formas lógicas", é justamente o pintor incumbido de retratar o defunto.

XI. OS ANTROPÓFAGOS é, porém, o verdadeiro fim do *Serafim*. Ou o recomeço de tudo (e do livro inclusive). Pinto Calçudo reentra em cena como capitão-pirata da nave *El Durazno* (antes disso houvera apenas uma breve alusão ao destino do co-herói expulso do romance, no fragmento final da parte VI: "Pinto Calçudo atolou numa francesa"). A linguagem é invadida por espanholismos estropiados (que grifam as fanfarronices do sobressalente herói-segundo), trocadilhos (tombad*i*lho/tomban*d*alho) e citações "preparadas" ou deformadas (um longo excerto de *A conquista espiritual* do jesuíta e catequista Montoya, solertemente arrancado de seu contexto, dá o sinal de partida para o festim antropofágico). É um pandemônio com ressaibos de farsa medieval, de missa negra e ritual fálico. A utopia da viagem permanente e a reeducação, à maneira de Sade, da "virtude" pelo "vício", num exercício de liberdade total como radical negatividade. Como escreve Antonio Candido em "Oswald viajante": "Libertação é o tema do seu livro de viagem por excelência, *Serafim Ponte Grande*, onde a crosta da formação burguesa e conformista é varrida pela utopia da viagem permanente e redentora, pela busca da plenitude através da mobilidade".[21]

Por esta sumarização descritiva das *grandes unidades* que encadeiam o *sobressintagma* (ou sintagma de grau máximo) que é o livro, já podemos ver algo da função fabuladora que dentro e ao longo delas se delineia e perfaz. O *Serafim* é um porta-fólio de microenredos que, deslindados (e desprezada a miúda parafernália de eventos subsidiários), deixam articular-se um enredo de base, perturbado pela ambiguidade da sequência temporal: há um hiato cronológico, uma intercalação parentética, que fratura o tempo narrativo. Em I. RECITATIVO tem-se um esboço de "situação inicial"[22] — apresentação do herói, desenvolvida a seguir em II. ALPENDRE (infância, adolescência, emprego público, casamento). As peripécias conjugais e extraconjugais prosseguem em III. FOLHINHA. O miolo da ação ocorre em IV. TESTAMENTO, quando o herói transgride as normas da sociedade e do sistema e comete um "malfeito" segundo essas mesmas normas. Aproveitando-se do ambiente de conflagração que reina na cidade, Serafim rouba o dinheiro confiado ao filho, Pombinho, por tropas rebeldes, e mata Benedito Carlindoga, seu chefe na Repartição, o "tirano palpável", que vivia a lhe repetir: "O país só pode prosperar dentro da Ordem, seu Serafim!". Aparentemente, fuzila o próprio filho, o efebo Pombinho (que, porém, ressurgirá em x, masculinizado, de chapelão e cavalo):

Vejo o fantasma do Carlindoga e o do filho que matei. São eles, impassíveis, de fraque, chapéu alto. Passam conversando no meio das balas. Corretos, lustrosos, envernizados pela morte.

De pé! Dentro da Ordem!

Em IV mesmo começa a "função de fuga", com Serafim escapando de São Paulo para Copacabana (o "Intermezzo" com Dinorá no Copacabana Palace). A "fuga" toma uma dimensão transatlântica em v (o mar é o "elemento sedativo" do título desse episódio). Serafim embarca no *Rompe-Nuve* em demanda de terras europeias, acompanhado de seu secretário e ex-colega de Repartição, Pinto Calçudo, o qual é posto para fora do romance na conclusão de v. As andanças do foragido herói (ou anti-herói) continuam em vi (Serafim na França, em Madri, nos lagos suíços), vii (viagem no *Conte Pilhanculo* e aventuras napolitanas) e viii (viagem ao Oriente, no encalço das "girls"). Em ix dá-se a "fase de reparação", com a função de perseguição e justiçamento do herói-vilão. Aqui Oswald relativiza a sequência temporal, fazendo intervir uma transição abrupta, que desnorteia o leitor ao primeiro ingresso no livro. Há em iv. testamento, depois do "Abaixo-assinado por alma de Benedito Carlindoga", um "Ensaio de apreciação nirvanista", atribuído ao "Sr. Serafim Ponte-Grande--novo-rico", com o título "O Largo da Sé". Nesta digressão pseudofilosófica em estilo de composição escolar, Serafim, o declarado autor do "Ensaio", surge já na condição de "novo-rico", locupletado no dinheiro roubado. Mas há um elemento de ambiguidade nesta dissertação ingênuo-caricata: trata-se, aparentemente, de uma reflexão de pós-viagem, com o herói peregrinante reentrado em seus lares, a descrever uma São Paulo revisitada e revista por olhos de expatriado: "Quando um estrangeiro saudoso regressa à pátria e procura o Largo da Sé, encontra no lugar a Praça da Sé. Mas é a mesma coisa". Logo a seguir, sob o título "Cômputo" e o subtítulo "Efemérides, metempsicose ou transmigração de almas", encontramos o herói no alto de um arranha-céu paulista, grimpado no canhão que ali colocara e com o qual abatera Benedito Carlindoga e Pombinho. Servindo-se do arranha-céu e do canhão nele encravado como de um pódio, Serafim se apresenta candidato a edil, aparentemente também perante a multidão que, embaixo, observa seus atos, embora esta circunstância não esteja explícita. A notação é brevíssima, uma simples rubrica cenográfica que fica em suspenso. Só em ix. fim de serafim a cena é retomada, em dois lances: a) com um poema de retorno ("Fatigado/ Das minhas viagens[...]/ Te procuro/ Caminho de casa") que faz par com a descrição do "Largo da Sé" revisitado; b) com a reintrodução de Serafim encarapitado no arranha-céu e manobrando o canhão. Já agora os bombeiros e a polícia o perseguem, incitados pelo povo. E é então que um raio justiçador o fulmina, apesar do para-raios que o precavido herói enfiara na cabeça... Entre o "Cômputo" (em iv) — título que carreia a ideia de cálculo final, de balanço — e o FIM DE SERAFIM (ix) abriu-se um enorme parêntese, operou-se um corte tmético como aqueles, famosos, do *Tristram Shandy*, que correm por páginas e páginas, permitindo a "expansão do material" intercalado.[23] Assim, somos impelidos a considerar o sucedido em v a viii (inclusive) como acontecimentos ("efemérides") desenrolados em flashback para o ponto de vista do protagonista na situação apresentada em "Cômputo" (iv) e só retomada em ix.[24] Não é à toa que em "Cômputo" se fala também em "metempsicose ou transmigração de almas". Essa "transanimação" — reencarnação da alma de um ser humano morto em outro que lhe continua a vida (*meta + en + psykhe*) — faz pensar numa superação do espaço e do tempo. A "pregação" póstuma do Serafim finado (ou a finar-se) em ix — e não devemos esquecer que iv é apresentado também sob a forma de uma disposição testamentária, de um relato-testamento, embora se inscreva numa fase inicial do livro — orienta-se no mesmo sentido: " — Tudo é tempo e contra-tempo! E o tempo é eterno. Eu sou uma forma vitoriosa do tempo. Em luta seletiva, antropofágica. Com outras formas do tempo: moscas, eletro-éticas, cataclismas, polícias e marimbondos!". Esta ambiguidade no desenrolar cronológico dos eventos dá ao herói uma dimensão de perpetuidade temporal e de ubiquidade. É ele que na falsa ERRATA "governa os vivos", ensandecendo o pintor de seu retrato memorial e inspirando depois o cruzeiro antropofágico de seu ex-secretário, Pinto Calçudo, ressurreto do limbo extralivro para onde fora jogado em v. E não importa dizer que a cena final de Serafim no arranha-céu poderia também ser interpretada como um simples "retorno ao local do crime". A extrema síntese de "Cômputo" implica, por si só, uma suspensão do tempo narrativo, um "signo dilatório" que só encontra perfazimento na mente do leitor com a reproposição da mesma situação em IX. Tudo se passa, como diz Roland Barthes, num "tempo semiológico", que reduz o tempo real a uma "ilusão referencial".[25]

Outras passagens há, ainda, a considerar, neste jogo de elementos progressivo-regressivos, de antecipações e recuos, que se instala em certos pontos do *Serafim*, como alçapões abertos onde se despenha a convenção da continuidade cronológica da ação e mesmo a lei da probabilidade ficcional.

Em I. RECITATIVO, na brevíssima primeira aparição do herói ao leitor, Serafim já comparece numa fase de seu curriculum vitae que só poderíamos situar apropriadamente em IV, no momento em que ele transgride a "ordem" constituída, aproveitando-se do convulsionamento beligerante da cidade ("Foram alguns militares que transformaram a minha vida" — eis a "pista" cronológica que nos permite recolocar no seu devido encaixe esta cena introdutória, que nos é projetada por Oswald como um slide fora da sequência). Esta cena, ou registro cenográfico, vale ainda como um aceno autobiográfico. Nela, excepcionalmente, o relato é conduzido na primeira pessoa. O pronome "eu", na lição de Benveniste, marca a "subjetividade do discurso", por oposição ao pronome "ele", que caracteriza a "objetividade do raconto" (Benveniste distingue por esta via entre *discours* e *récit*).[26] O eu--locutor comparece outra vez no prefácio do livro, onde a *persona* de Serafim é assumida criticamente pelo autor. Há ainda neste apelo pessoal do autor, que se apresenta de maneira direta, "performativa", ao leitor, como "personagem através de uma vidraça", um efeito preambular de "quebra de ilusão". O leitor é jogado entre a "ficção" (o comparecimento ficcional de uma personagem) e a "confissão" (a presença autobiográfica do autor-narrador), para nos valermos de uma feliz paronomásia de Antonio Candido. Também em VI. CÉREBRO, CORAÇÃO E PAVIO, no fragmento "Patinagem", a irrupção de Dona Lalá no "Palais de Glace" em Paris: "Grudam-lhe lâminas nas sólidas patas e soltam-no como um palhaço para gozo de Dona Lalá". Contra todo o verossímil e o possível (já que a ex-consorte de Serafim ficara no Brasil, fugida com o Manso da Repartição — ver IV. TESTAMENTO), é uma chamada mnemônica, uma interferência do tempo psicológico sobre o tempo supostamente real. Há uma cláusula condicional virtual, implícita nesta alusão desnorteante. Serafim faz uma triste figura como patinador bisonho, e logo imagina o prazer que sua Xantipa de "voz amarela" haveria de tirar de seu desastrado desempenho, *se o estivesse presenciando*. Na resolução sintática, porém, a ação efetiva e a evocação da memória se fundem num mesmo presente do indicativo ("soltaram-no") seguido de um complemento final ("para gozo de Dona Lalá"). Os dois planos ficam assim imbricados, produzindo-se a sensação de ilogismo, de infração à sequência e à causalidade lógicas.

Finalmente, em "Pórtico" (VIII. OS ESPLENDORES DO ORIENTE), damos com Serafim de binóculos, contemplando o porto grego do Pireu, e sucessivamente em Pera, o bairro europeu de Istambul, e no Egito, à vista do Nilo. Caridad-Claridad, uma nova personagem feminina, é introduzida ex abrupto por meio de uma das características "metáforas lancinantes" oswaldianas: "Ora, Caridad-Claridad era um tomate na cachoeira dos lençóis". Só a seguir, numa súbita transição de cena, vem a "motivação"[27] do artifício, motivação que, na ordem da cronologia romanesca, se pode comparar à *prolepse* da retórica tradicional (figura pela qual se altera na exposição a ordem dos eventos, de modo a antecipar o que será uma consequência do que segue). De fato, a tomada seguinte nos apresenta Serafim em seu quarto de hotel parisiense, sendo visitado pela

"Girl-d'hoj'em-dia", Pafuncheta, que lhe anuncia uma viagem para o Oriente, em companhia de outra "girl", Caridad. O herói vai-lhes ao encalço. E só muitas cenas adiante, depois de várias peripécias excursionistas e de um persistente assédio amoroso de Serafim, temos o deslinde da metáfora inicial, agora repetida e explicitada: "Amanhecia sobre o Cataract-Hotel. Caridad acordou como um tomate nos lençóis. Estava na cama de nosso herói".

A estrutura profunda do *Serafim*, como mensagem narrativa, postos entre parênteses os numerosos elementos digressivos que se incrustam nas suas "grandes unidades" de superfície, e repostos em ordem de sucessão normal os seus "fabulemas" (ou funções agenciadoras da fábula), é, esquematicamente, redutível a um novo diagrama, este porém de natureza "funcional". De fato, se considerarmos as personagens como "unidades paradigmáticas" do sistema literário (T. Todorov),[28] teremos que a análise das funções agenciadoras da mensagem narrativa, em sua estrutura profunda, nada mais é do que uma forma de projeção do paradigma sobre o sintagma (o que soa, do ponto de vista da semiologia da narrativa, como um corolário do axioma fundamental da poética jakobsoniana). De fato, para Propp, pai desse tipo de análise, "a função representa o ato de uma personagem, definido do ponto de vista de sua importância para o desenvolvimento da ação". Esta personagem funcional (e não psicológica) é o "actante" de Greimas, "personagem definida pelo que ela faz, não pelo que ela é" (Barthes).[29] Assim, a uma análise funcional, a *grande sintagmática* de superfície do livro (episódios) encobre as seguintes "esferas de ação" fabular, constituídas pelas "funções" desempenhadas pelos "actantes" (funções no sentido de "fabulemas", como antes as designamos):

B) ESQUEMA FUNCIONAL (GRANDES UNIDADES PROFUNDAS)

1º MOVIMENTO

a) situação inicial (i + ii + iii)

b) transgressão da ordem (IV)

c) fuga (IV, desde "Intermezzo" + V + VI + VII + VIII)

d) perseguição e punição (IX)

2º MOVIMENTO

b_1) nova transgressão da ordem (x e sobretudo XI)

c_1) fuga e impunidade (XI)

No 2º MOVIMENTO, que abrange duas *grandes unidades* superficiais, ERRATA (X) e OS ANTROPÓFAGOS (XI), há uma reproposição em modo amplificado de "b" e "c". Sob o influxo do herói "justiçado" — cuja simples evocação memorial tem o poder eversivo de enlouquecer o pintor incumbido de retratá-lo post mortem —, Pinto Calçudo, secretário-avatar do defunto, contesta novamente a ordem estabelecida, agora em termos absolutos, instaurando uma desordem perene (b_1). Consequentemente, a fuga à punição é autonomizada sob a forma de viagem permanente, insuscetível agora e por isso mesmo de sanção (c_1). O livro desemboca num devir utópico — a sociedade antropofágica, livre e redenta, perpetuamente "aberta" em razão de sua própria mobilidade. Isto exclui toda a possibilidade de uma eventual função d_1. Como sintetiza Antonio Candido: "Sob a forma bocagiana de uma rebelião burlesca dos instintos, Oswald consegue na verdade encarnar o mito da liberdade integral pelo movimento incessante, a rejeição de qualquer permanência".[30]

A sanção (d_1) extrapola então da ordem fabular para a ideológica. É no prefácio do *Serafim* — um dos mais impressionantes documentos de nosso modernismo, desabusada página de crítica e autocrítica, balanço contundente de um contexto histórico-social e de um conflito pessoal nele inscrito — que a utopia do *Serafim* é "justiçada" retrospectivamente por seu autor, agora falando na primeira pessoa biográfica. Manifestando a sua vontade de "Ser pelo menos, casaca de ferro na Revolução Proletária", o Oswald engajado, que emerge para o teatro de tese da década de 1930 e para a tentativa de mural social do *Marco zero*, na década de 1940, define o seu segundo romance-invenção como: "Necrológio da burguesia. Epitáfio do que fui". Mas o *Serafim* parece ter sete fôlegos. Seu estouro anárquico poderia ser "relido" hoje na perspectiva marcusiana da recusa, contra o pano de fundo do mundo administrado, onde as revoluções parecem converter-se rapidamente em estilemas retóricos e a ideologia monolitizada esvazia-se de conteúdo dialético. No universo do discurso inconteste, o *Serafim*, na forma como no fundo (par isomorficamente incindível, de resto),[31] oferece uma rara instância textual — crítica, dialógica — de permanente e vivificador inconformismo. É assim, por exemplo, que Giuseppe Ungaretti, numa página comovida publicada pouco antes de sua morte (o prefácio à tradução italiana do *Miramar*), vê a antropofagia oswaldiana: "um modo *ante litteram* do que hoje se costuma chamar — sem que contenha, senão raramente, a arte do argumento paradoxal e a poesia mordente e alegre de Oswald — contestação".[32]

Aqui se põe uma reflexão de Theodor W. Adorno, quando este autor, passando em revista a evolução do romance moderno, mostra que aquilo que se chama *formalismo* em terminologia pejorativa é, afinal, o verdadeiro *realismo*. Esse *formalismo* não falseia o real, procurando uma inexistente conciliação da realidade e do sujeito através de uma forma romanesca ilusoriamente ordenada e pacificada, mas replica à sua concreta problematicidade, problematizando em igual medida a estrutura da obra. Isto se dá, por exemplo, com a destruição do continuum temporal empírico em Joyce e Proust.

Destrói-se o continuum temporal empírico em Joyce, e também em Proust, porque a unidade biográfica dos currículos vitais se mostra inadequada à lei formal, exteriormente, e à experiência subjetiva à luz da qual essa lei se configura [...]. Assim um tal procedimento literário entra em convergência com a dilaceração do continuum temporal na realidade, com o perecimento de uma experiência, perecimento que, por seu turno, remonta afinal ao processo tecnizado de produção de bens materiais, alheio ao tempo.[33]

A anarco-forma do *Serafim* é o habitat natural da consciência dilacerada de seu autor, que, no limiar de uma assunção crítica e de uma definida investidura ideológica, precisava de um brusco choque desalienador para converter essa negatividade em positividade. Mas a obra, como objeto, transcende as circunstâncias de seu sujeito transitório, e ganha um conteúdo prospectivo que pode compensar, mais adiante, as crises dessa mesma profissão de certeza e fé militante. Pois, como já observou Mário da Silva Brito, "por espantoso que pareça, Oswald era um moralista e, nessa condição, lutou pela mudança dos costumes sociais e políticos, literários e artísticos, numa ânsia de contribuir para a libertação do homem e do seu pensamento ético e estético".[34] A recuperação, em novos termos, do conteúdo antropofágico do *Serafim* é o que Oswald tentará fazer em sua tese *A crise da filosofia messiânica*, no começo da década de 1950, no clima de desencanto e de frustração do stalinismo. Afinal, a obra de arte é um "sistema conotativo"; sua "mensagem segunda" deixa-se enriquecer continuamente pela história, e a possibilidade de sua releitura em modo sempre novo é um dado fascinante da relação dialética entre a série literária, de um lado, e a série social, de outro.

Ajunte-se, para concluir, que, nessa tese oswaldiana, a *vis anthropophagica* do "Manifesto" de 1928, da *Revista de Antropofagia* e do capítulo terminal do *Serafim*, é reencontrada, tingida agora de existencialismo, e passa a ser um instrumento para a revisão de todos os "messianismos", entre os quais Oswald inclui o marxismo "institucionalizado" e burocrático. A perspectiva utópica, depois desenvolvida por Oswald numa série de artigos ("A marcha das Utopias", 1953), busca na aspiração às transformações sociais sua dimensão revolucionária e na tecnologia seu conteúdo concreto. Oswald vislumbra uma nova Idade de Ouro, uma cultura antropófago-tecnológica, na qual o homem natural tecnizado, sob a égide do matriarcado (vale dizer, sem as amarras da família, da propriedade e do Estado de classes, próprias da cultura patriarcal, "messiânica"), redescobrirá a felicidade social e o ócio lúdico, propício às artes.[35]

São Paulo, 1971

Notas

1 Philippe Sollers, *Logiques*. Paris: Éditions du Seuil, 1968, p. 206. Traduzimos o termo "écriture" por "escritura" em atenção à conotação especial que o vocábulo ganhou na moderna teoria literária francesa e que, a nosso ver, é perfeitamente transportável para o equivalente literal português.

2 No exemplar que possuímos do *Serafim*, e que recebemos das mãos do autor, a expressão "romance", na capa, foi riscada por Oswald e substituída pela palavra "invenção".

3 Cf. Elisabeth Walther, "Semiotische analyse", em *Mathematik und Dichtung* (Munique: Nymphemburger Verlagshandlung, 1965), p. 145: "O índice entretém relações reais com seu objeto, aponta diretamente para seu objeto. Por exemplo: indicadores de caminho, o próprio caminho, nomes próprios e, ainda, todas aquelas disposições que determinam um objeto no lugar, no tempo, numericamente etc.". Ver ainda Max Bense, *Semiotik* (Baden--Baden: Agis-Verlag, 1967).

4 Traduzido para o francês em *Théorie de la Littérature: Textes des Formalistes Russes* (Paris: Éditions du Seuil, 1966). Esse conceito de "estranhamento" da teoria formalista russa parece ter inspirado o *Verfremdungseffekt* da teoria dramática brechtiana, bem conhecido no Ocidente.

5 Ver Chklóvski, "A paródia no romance: *Tristram Shandy*". In: *Teoria da prosa*. Moscou, 1925. A citação é feita segundo a versão alemã, *Theorie der Prosa* (Frankfurt am Main: S. Fischer Verlag, 1966), p. 131.

6 Cf. Prudente de Moraes Neto e Sérgio Buarque de Holanda, revista *Estética*, Rio de Janeiro, ano II, v. 1, pp. 218-22, jan.-mar. 1925. Os críticos já reparavam: "Uma das características mais notáveis deste 'romance' do sr. Oswald de Andrade deriva possivelmente de certa feição de antologia que ele lhe imprimiu [...]. A construção faz-se no espírito do leitor. Oswald fornece as peças soltas. Só podem se combinar de certa maneira. É só juntar e pronto".

7 Ver nosso estudo "Estilística miramarina". In: *Metalinguagem* (Rio de Janeiro: Vozes, 1967), pp. 87-97. [*Metalinguagem & outras metas*. São Paulo: Perspectiva, 2004,

pp. 97-107.] Trata-se de uma análise baseada nos polos da linguagem identificados por Roman Jakobson: a) o *metafórico*, que diz respeito às relações de similaridade (eixo paradigmático); b) o *metonímico*, que diz respeito às relações de contiguidade (eixo sintagmático). Cf. Krystyna Pomorska, *Russian Formalist Theory and Its Poetic Ambiance* (Haia: Mouton, 1968), p. 82, "de acordo com a linguística contemporânea essas categorias podem ser aplicadas em todos os níveis de atividade da linguagem", donde ser lícita a extensão que ora fazemos.

8 René Wellek; Austin Warren, *Teoria literária*. Citamos a edição espanhola: Madri: Gredos, 1959, p. 283.

9 C. Lévi-Strauss, "La Science du concret". In: *La Pensée sauvage*. Paris: Plon, 1962, pp. 3-47. Ver também Paolo Caruso, "Lévi-Strauss e il bricolage". In: *Almanacco Letterario Bompiani* (Milão: Bompiani, 1966), pp. 61-4; Roland Barthes, "Littérature et discontinu" e "L'Activité structuraliste". In: *Essais critiques* (Paris: Éditions du Seuil, 1964), respectivamente pp. 186 e 214-8. [Texto em português em Roland Barthes, *Crítica e verdade*. Trad. de Leyla Perrone-Moisés. São Paulo: Perspectiva, 1970.]

10 Antonio Candido, "Estouro e libertação". In: *Brigada ligeira*. São Paulo: Martins, [1945], pp. 11-30. [3. ed. rev. pelo autor. Rio de Janeiro: Ouro sobre Azul, 2004, pp. 11-27.] No par de romances-invenções *Miramar/Serafim*, Candido dá sua preferência ao *Miramar*, que considera "um dos maiores livros da nossa literatura". Quanto a nós, preferimos não escolher e encarar a ambos como as faces complementares e de certo modo incindíveis de um mesmo experimento.

11 Esse modo de ser estético do *Serafim* faz dele uma instância daquilo que a semióloga Julia Kristeva chamou "intertextualidade" (diálogo de textos), com base na tese de Mikhail Bakhtin do "romance polifônico" de "estrutura carnavalesca", oposto ao romance tradicional, de tipo "monológico". Aliás, o *Serafim*, por sua natureza e temática, se presta à maravilha à exemplificação desse processo de "carnavalização" da literatura, popularesco e dessacralizador, cujas fontes Bakhtin rastreia na Antiguidade greco-romana e na Idade Média. Cf. J. Kristeva, *Semeiotikè* ("Le Mot, le dialogue, le roman"). Paris: Éditions du Seuil, 1969; M. Bakhtin, *Dostoevskij/Poetica e Stilistica* (edição italiana). Turim: Einaudi, 1968; M. Bakhtin, *Rabelais and His World* (edição americana). Cambridge, Massachussetts: MIT Press, 1968.

12 Tzvetan Todorov, "L'Héritage méthodologique du formalisme". *L'Homme*, Paris, v. 5, n. 1, p. 81, jan.-mar. 1965, refere-se aos episódios como unidades sintagmáticas do sistema literário. [Texto em português em T. Todorov, *As estruturas narrativas*. Trad. de Leyla Perrone-Moisés. São Paulo: Perspectiva, 1969.]

13 Cf. Umberto Eco, *La Struttura Assente (Introduzione alla Ricerca Semiologica)*. Milão: Bompiani, 1968, pp. 92 e 142. [Ed. bras.: Umberto Eco, *A estrutura ausente*. Trad. de Geraldo Gerson de Souza. 3. ed. São Paulo: Perspectiva, 1976.]

14 Cf. Todorov, "L'Héritage méthodologique du formalisme", op. cit., p. 71. Pense-se na técnica de partição de capítulos de Machado de Assis, este grande precursor das inovações oswaldianas.

15 Para se verificar como Oswald manipulava o dado meramente biográfico, integrando-o em seu texto, e por vezes de maneira críptica, basta cotejar este fragmento com a seguinte passagem das memórias reais do autor: "Caí afinal num bordel da rua Líbero. Procurava, porém, dourar sempre de romantismo minhas visitas noturnas e rápidas. E muito me desgostei quando uma mulher que se desnudara no leito exclamou para mim: — Não precisa tirar as botinas!". *Um homem sem profissão. Memórias e confissões*. I. 1890-1919. *Sob as ordens de mamãe*. Rio de Janeiro: José Olympio, 1954, p. 101. [São Paulo: Companhia das Letras, 2019, p. 77.] Muitos exemplos desse tipo serão facilmente rastreados mediante uma colação do *Miramar* e do *Serafim* com essas memórias oswaldianas.

16 O trecho não é assinado, mas poderia ser inclusive do próprio Oswald, colaborador de *A Cigarra* (ver Paulo Mendes de Almeida, "A cigarra literária". Suplemento Literário de *O Estado de S. Paulo*, São Paulo, 6 jun. 1964); o elemento de autocrítica em Oswald, que se comporta como um "analista analisado", foi por nós examinado nos prefácios que introduzem as reedições do *João Miramar* (1964) e das *Poesias Reunidas O. Andrade* (1967), ambas da Difusão Europeia do Livro. [Reproduzidos em *Memórias sentimentais de João Miramar*. São Paulo: Companhia das Letras, 2016, pp. 109-43 e *Poesias reunidas*. São Paulo: Companhia das Letras, 2017, pp. 239-96.]

17 A inspiração bélica desse retrospecto é extraída da Revolução de 1924, de que Oswald fora um espectador aturdido, em companhia do suíço Blaise Cendrars (ver "O caminho percorrido". In: *Ponta de lança*. São Paulo: Martins, [1945], pp. 123-5). [São Paulo: Globo, 2004, pp. 162-75.]

18 Cf. *História da literatura portuguesa*. 5. ed. Porto: Porto Ltda., [1966?], pp. 311-6

19 Cf. Id., ibid., pp. 309-10 e 320. Observe-se, outrossim, que o título desta sexta unidade é uma paráfrase picante do camiliano *Coração, cabeça e estômago*.

20 O estruturalista tcheco Jan Mukarovsky, estudando a "estética da linguagem", mostra como a citação, a frase feita, a máxima podem adquirir eficácia estética quando "relacionadas de maneira semanticamente inesperada com a unidade (contexto) em que são incluídas como elemento estranho" (apud Paul L. Garvin, *A Prague School Reader on Esthetics, Literary Structure and Style*. Washington: Georgetown University Press, 1964, p. 39).

21 Antonio Candido, *O observador literário*. São Paulo: Comissão de Literatura, 1959, p. 91. [3. ed. rev. e ampl. pelo autor. Rio de Janeiro: Ouro sobre Azul, 2004, pp. 99-100.]

22 Acompanhamos aqui, mas apenas de longe e no possível, o esquema das funções da mensagem narrativa elaborado por Claude Bremond na esteira de Vladimir Propp. Ver revista *Communications*, Paris: Éditions du Seuil, n. 4 (1964) e n. 8 (1966).

23 Efeito estudado por V. Chklóvski em "A paródia no romance *Tristram Shandy*", op. cit. Ver também "Tristram Shandy's anti-book", posfácio de Gerald Weales à edição "Signet Classics" (Nova York: New American Library, 1962), da obra de Sterne.

24 Tanto a palavra "cômputo" como a palavra "efemérides" têm conotações ligadas à apuração do tempo cronológico. A primeira significa também o processo pelo qual os calendaristas determinam o dia em que deve cair a Páscoa; a segunda, as tábuas astronômicas que indicam, dia a dia, a posição dos planetas no zodíaco.

25 "Introduction à l'analyse structurale des récits". *Communications*, Paris: Éditions du Seuil, n. 8, p. 12, 1966.

26 Apud Gerard Genette, "Frontières du récit". *Communications*, Paris: Éditions du Seuil, n. 8, pp. 159-60, 1966. T. Todorov, "Les Categories du récit littéraire" (*Communications*, Paris: Éditions du Seuil, n. 8, p. 145, 1966), retoma o filósofo inglês John Austin, cujos conceitos são estudados por Benveniste, para falar, correlatamente, em "dois modos do discurso, constativo (objetivo) e performativo (subjetivo)".

27 Valha essa expressão no sentido que lhe dá o formalismo russo: razão que governa o uso de um artifício particular, podendo incluir tudo, desde o propósito do autor de chocar o leitor até a necessidade de providenciar suportes específicos, requeridos pela ação. Cf. Lee T. Lemon; Marion J. Reis, *Russian Formalist Criticism*. Lincoln: University of Nebraska Press, 1965, p. 30, nota 9.

28 T. Todorov, "L'Héritage méthodologique du formalisme", op. cit. [ed. bras., p. 50.]

29 "Introduction à l'analyse structurale des récits", op. cit., p. 17. A definição de Propp está em *Morfologia della fiaba* (tradução italiana do original russo de 1928. Turim: Einaudi, 1966), p. 27.

30 "Oswald viajante", op. cit., p. 92. [p. 100.]

31 Prudente de Moraes Neto (apud Mário da Silva Brito, "As metamorfoses de Oswald de Andrade". In: *Ângulo e horizonte: De Oswald de Andrade à ficção científica*. São Paulo: Livraria Martins Editora, 1969, p. 24) parece ter visto muito bem esse aspecto, quando, depois de classificar o *Miramar* e o *Serafim* como "os irmãos brasileiros e de após-guerra de *Bouvard et Pécuchet*", salienta que, em Oswald, "a forma é inseparável do conteúdo".

32 Oswald de Andrade, *Memorie sentimentali di Giovanni Miramare*. Milão: Feltrinelli, 1970.

33 Theodor W. Adorno, "Voraussetzungen (aus Anlass einer Lesung von Hans G. Helms)". *Akzente*, Munique, n. 5, pp. 463-78, out. 1961.

34 Mário da Silva Brito, op. cit., p. 42.

35 Comparar a utopia oswaldiana com a "sociedade fria" entrevista por Lévi-Strauss ("Leçon inaugurale", Collège de France, 5 jan. 1960); com a sociedade "retribalizada", de Marshall McLuhan (*Understanding Media*, 1965); no que tange à arte e à técnica, com o pensamento marxiano na interpretação de Kostas Axelos (*Marx, penseur de la technique*, 1961).

SERAFIM PONTE GRANDE*

SAUL BORGES CARNEIRO

"SERAFIM PONTE GRANDE", herói do último romance do sr. Oswald de Andrade, nasceu na Pauliceia sob o signo de Capricórnio. Essa fatalidade astronômica explica-lhe talvez o temperamento luxurioso, a mentalidade lúbrica, a imaginação pornográfica. Foi toda a vida um escravo da carne. Mal saído da adolescência viciosa e mole, sendo já burocrata e professor de geografia e ginástica, é um dia pilhado pela mãe de uma aluna — a garota Lalá — em práticas extrapedagógicas, que a austera senhora interpretou com excessiva malícia. Levados à pretoria, casados, começam uma avinagrada existência de decepções e dissabores, vida que o sr. Oswald de Andrade descreve homeopaticamente no capítulo "Folhinha conjugal", sem dúvida o melhor do livro. As vicissitudes sexuais e domésticas do casal Ponte Grande são narradas em linguagem despida de eufemismos, com todos os pontos nos is, à boa maneira de Boccaccio e de Rabelais, por onde se vê que o modernismo do renovador paulista tem algumas raízes no passado.

Decorreram anos, nasceram e cresceram rebentos, e o casal Ponte Grande afundava cada vez mais num pantanal de tédios e amarguras, apenas suavizado pela camaradagem íntima de dois colegas de Serafim — o Manso e o José Ramos de Góes

---

* Publicado originalmente no *Boletim de Ariel*, Rio de Janeiro, ano II, n. 12, p. 312, set. 1933. (N. C.)

Pinto Calçudo. Se faltava dinheiro, sobravam ambições de luxo e aguçadas fomes amorosas. Um belo dia, cansado de insignificantes prevaricações, resolveu Serafim dar um golpe de estrondo — apaixonou-se pela dançarina Doroteia. Dona Lalá, "a jararaca", foi às nuvens, mas consolou-se logo com o Manso. Serafim, traído afinal pela dançarina, tenta recuperar o amor da esposa. A situação mostra-se trágica, Serafim lança mesmo mão de um remédio heroico, mas o desenlace é inevitável. Tempos depois Dona Lalá abalava de casa com o Manso, levando a filharada.

Por essa altura estoura a primeira revolução de São Paulo. Pombinho, filho mais velho de Serafim, toma parte nela e leva para guardar a domicílio avultada quantia requisitada de um banco.

Serafim empalma o cobre e depois de assassinar com um tiro de canhão, um tiro de altura, o chefe da "Escarradeira" (assim chamavam à repartição), toma passagem no *Rompe-Nuve* e vai gozar a vida na Europa.

Durante a viagem do *Rompe-Nuve* dão-se casos fantásticos e engraçados entre os burlescos tipos que aí aparecem.

Serafim fizera-se acompanhar do seu fiel confidente Pinto Calçudo, o qual, tendo pintado o diabo a bordo, entrou de impor-se à consideração do leitor. Em vista dessas saliências impróprias de uma figura secundária, ao aportarem a Marselha deliberou Serafim interpelar o secretário: " — Diga-me uma coisa. Quem é neste livro o personagem principal? Eu ou você?".

Pinto Calçudo deu-lhe uma resposta ruidosa, mas sem palavras, "pelo que é imediatamente posto para fora do romance".

Um mês depois Serafim, "trajando violentas polainas", agitava-se em Paris, onde se meteu em aventuras de todo o gênero, dominado sempre pelo seu temperamento bodefico. Novo-rico, barão do papa, Serafim continua a correr mundo em busca de fêmea. Embarcado no *Conte Pilhanculo*, aí trava relações com a enigmática Dona Solanja, originando-se assim um "romance de capa e pistola" epilogado com a morte trágica da referida Solanja, em Nápoles.

Prosseguindo nas peregrinações, visita o Oriente, onde ouve, em Jerusalém, a desconcertante notícia de que o Santo Sepulcro nunca existiu e que o Cristo nasceu na Bahia. Mas essa estupenda revelação impressiona-o menos do que as promessas que antevira nos meneios de duas apetitosas companheiras de excursão, Pafuncheta e Caridad-Claridad, duas "girls-d'hoj'em-dia".

Finalmente em Alexandria, depois de ter fornecido assunto a algumas linhas do escabroso diário de Caridad-Claridad, que gostava de "amar sem gemer", o nosso herói toma um navio em demanda das "costas atmosféricas do Brasil". E em São Paulo, perseguido pela polícia, trepa ao terraço de um arranha-céu, e, tendo colocado na cabeça um para-raios, é definitivamente fulminado.

É *Serafim Ponte Grande* uma obra-prima ou uma burla?

A técnica do romancista é por vezes complicada; não faltam também trechos esotéricos, que exigem comentário e chave, mas o traço geral é forte e o detalhe não raro de uma penetração de raio X.

Serafim é um símbolo e como tal exige do leitor capacidade de compreensão. A vida chata, sensual, estúpida, terra a terra, cheia de pequeninas ambições de gozos efêmeros da burguesia encontra em *Serafim* uma síntese acabada. E se como arma de combate social *Serafim* é considerável, como expressão de arte pertence, pelo alto senso cômico, à linhagem de *Pantagruel*, de *D. Quixote*, de *Ubu Roi*...

SERAFIM PONTE GRANDE*

MÚCIO LEÃO

OSVALDO DE ANDRADE ACABA de dar uma vaia formidável no mundo burguês. *Serafim Ponte Grande* é uma assoada homérica e enorme. Nela há guizos e apitos, sinos, gritos histéricos, o diabo. Mas o que mais se ouve, nessa vaia desvairada, é o barulho imenso das obscenidades.

Nunca ninguém levou menos a sério as coisas sérias do que Osvaldo de Andrade. Irreverente, malicioso, com um senso profundo do ridículo alheio, ele derrama, em toda a parte e sobre todos os seres, o seu estranho poder de sátira. A poesia Pau Brasil, que tanto irritou os pacíficos cidadãos da nossa suburbana vila literária, bem como a *Revista de Antropofagia* — são duas atitudes de Osvaldo de Andrade. Ambas feriram a sensibilidade delicada dos brasileiros.

Isso, complicado com a tradição demoníaca do barbazuísmo de Osvaldo, naturalmente, bastou para sagrá-lo à desconfiança das pessoas de bem. Ele passou a ser um homem intelectualmente fora da lei, uma espécie de Lampião da literatura e do código das boas maneiras.

Mas Osvaldo de Andrade gosta de estimular essas desconfianças, gosta de viver entre criaturas que o tomem e que com ele se zangam.

---

* Publicado originalmente no *Jornal do Brasil*, Rio de Janeiro, 23 set. 1933. (N. C.)

Serafim Ponte Grande é uma espécie de resposta a essas desconfianças e a esses alarmes.

E também uma definição bravia de atitude — pelo menos da atitude que Osvaldo mantinha há dez anos, ao tempo da elaboração desse romance. Ruim? Bom? Notável? Péssimo? Qual o grau de valor desse livro?

Não é possível dizê-lo, nem sequer sabê-lo. *Serafim Ponte Grande* será uma obra excelente para muita gente; será também o mais torpe, absurdo e infecto dos romances para muita outra gente. A opinião de uns e de outros será recebida com desdém por Osvaldo de Andrade. Quando um sujeito chega à perfeição moral de pensar e escrever um livro dessa ordem, não pode mais ter curiosidade pelos aplausos ou as reprovações dos outros. Tudo lhe deve ser soberbamente indiferente. Ele passa a morar em outro planeta, onde o clima é diverso do nosso, os fenômenos são diferentes dos daqui.

Homem fora de todos os preconceitos, residindo além do bem e do mal, indiferente à moral vulgar, desprezando todos os tabus tradicionais da sociedade, Osvaldo de Andrade se deu, em *Serafim Ponte Grande*, um festim libertino e vicioso. A verdade é que esse livro é uma orgia de Tibério em Capréa. Há nele depravações e cinismos sem nome.

Depois de tê-lo escrito, eu creio que Osvaldo de Andrade só terá a fazer uma coisa: é tornar-se monge; meter-se num surrão austero, e ir purgar, em alguma Tebaida desolada, as infâmias conjuntas do Serafim, Dona Lalá e Pinto Calçudo.

A misericórdia de Deus é infinita. Quem sabe? Talvez um dia Osvaldo obtivesse perdão.

Leituras recomendadas

ANDRADE, Oswald de. *Serafim Ponte Grande*. Estabelecimento de texto e notas de Maria Augusta Fonseca. In: *Obra incompleta*. Ed. crítica. Coord. de Jorge Schwartz. São Paulo: Edusp, 2021, tomo I, pp. 437-567. Col. Archivos 37.

ANDRADE, Sérgio Augusto de. *Pinto Calçudo ou Os últimos dias de Serafim Ponte Grande*. São Paulo: Siciliano, 1991. [Ficção.]

BANDEIRA, Manuel. "Oswald de Andrade. *Serafim Ponte Grande*". *Literatura*, Rio de Janeiro, 5 ago. 1933. Republicado em *Crônicas inéditas 2, 1930-1944*. Org. de Júlio Castañon Guimarães. São Paulo: Cosac Naify, 2009, pp. 139-40.

BRITO, Mário da Silva. "Dois prefácios para *Serafim Ponte Grande*". *O Estado de S. Paulo*, São Paulo, 13 mar. 1977. Suplemento Cultural. Republicado em Oswald de Andrade. *Serafim Ponte Grande*. São Paulo: Globo; Secretaria de Estado da Cultura de São Paulo, 1990, pp. 29-34.

CANDIDO, Antonio. "Digressão sentimental sobre Oswald de Andrade". In: *Vários escritos*. São Paulo: Duas Cidades, 1970, pp. 57-87. 5. ed. corr. pelo autor. Rio de Janeiro: Ouro sobre Azul, 2011, pp. 35-63.

CHAMIE, Mário. "Serafim Ponte Grande". In: *Intertexto: A escrita rapsódica*. São Paulo: Praxis, 1971, pp. 37-60.

FARINACCIO, Pascoal. *Serafim Ponte Grande e as dificuldades da crítica literária*. Cotia (SP): Ateliê Editorial; São Paulo: Fapesp, 2001.

FONSECA, Maria Augusta. *Palhaço da burguesia: Serafim Ponte Grande, de Oswald de Andrade, e suas relações com o universo do circo*. São Paulo: Polis, 1979.

JACKSON, Kenneth David. "A metamorfose dos textos em *Serafim Ponte Grande*". *Travessia: Revista de Literatura Brasileira*, Florianópolis:

UFSC, v. 5, n. 8-9, pp. 9-19, jan./jun. 1984. Disponível em: <https://periodicos.ufsc.br/index.php/travessia/article/view/17581/16152>.

JACKSON, Kenneth David. "50 anos de *Serafim*: A recepção crítica do romance". *Remate de Males*, Campinas: IEL-Unicamp, v. 6, pp. 17-35, 1986. Disponível em: <https://periodicos.sbu.unicamp.br/ojs/index.php/remate/article/view/8636340>.

MARTINS, Heitor. "Serafim Ponte Grande". In: *Oswald de Andrade e outros*. São Paulo: Conselho Estadual de Cultura, 1973, pp. 41-57.

Cronologia

1890 Nasce José Oswald de Souza Andrade, no dia 11 de janeiro, na cidade de São Paulo, filho de José Oswald Nogueira de Andrade e de Inês Henriqueta de Souza Andrade. Na linhagem materna, descende de uma das famílias fundadoras do Pará, estabelecida no porto de Óbidos. É sobrinho do jurista e escritor Herculano Marques Inglês de Souza. Pelo lado paterno, ligava-se a uma família de fazendeiros mineiros de Baependi. Passou a primeira infância em uma casa confortável na rua Barão de Itapetininga.

1900 Tendo iniciado seus estudos com professores particulares, ingressa no ensino público na Escola Modelo Caetano de Campos.

1902 Cursa o Ginásio Nossa Senhora do Carmo.

1905 Frequenta o Colégio de São Bento, tradicional instituição de ensino religioso, onde se torna amigo de Guilherme de Almeida. Conhece o poeta Ricardo Gonçalves.

1908 Conclui o ciclo escolar no Colégio de São Bento.

1909 Ingressa na Faculdade de Direito do Largo de São Francisco. Inicia profissionalmente no jornalismo, escrevendo para o *Diário Popular*. Estreia com o pseudônimo Joswald, nos dias 13 e 14 de abril, quando saem os dois artigos intitulados "Penando — De São Paulo a Curitiba" em que trata da viagem de seis dias do presidente Afonso Pena ao estado do Paraná. Conhece Washington Luís, membro da comitiva oficial e futuro presidente, de quem se tornaria amigo íntimo. Trabalha também como redator da coluna "Teatros e Salões" no mesmo jornal. Monta um ateliê de pintura com Osvaldo Pinheiro.

1911 Faz viagens frequentes ao Rio de Janeiro, onde participa da vida boêmia dos escritores. Conhece o poeta Emílio de Meneses. Deixa o *Diário Popular*. Em 12 de agosto, lança, com Voltolino, Dolor Brito Franco e Antônio Define, o semanário *O Pirralho*, no qual usa o pseudônimo Annibale Scipione para assinar a seção "As Cartas d'Abaixo Pigues". No final do ano, interrompe os estudos na Faculdade de Direito e arrenda a revista a Paulo Setúbal e Babi de Andrade no intuito de realizar sua primeira viagem à Europa.

1912 Embarca no porto de Santos, no dia 11 de fevereiro, rumo ao continente europeu. A bordo do navio *Martha Washington*, fica entusiasmado com Carmen Lydia, nome artístico da menina Landa Kosbach, de treze anos, que viaja para uma temporada de estudos de balé no teatro Scala de Milão. Visita a Itália, a Alemanha, a Bélgica, a Inglaterra, a Espanha e a França. Trabalha como correspondente do matutino *Correio da Manhã*. Em Paris, conhece sua primeira esposa, Henriette Denise Boufflers (Kamiá), com quem retorna ao Brasil em 13 de setembro a bordo do navio *Oceania*. Não revê a mãe, falecida no dia 6 de setembro. Tem sua primeira experiência poética ao escrever "O último passeio de um tuberculoso, pela cidade, de bonde" e rasgá-lo em seguida.

1913 Frequenta as reuniões artísticas da Villa Kyrial, palacete do senador Freitas Vale. Conhece o pintor Lasar Segall que, recém-chegado ao país, expõe pela primeira vez em Campinas e São Paulo. Escreve o drama *A recusa*.

1914 Em 14 de janeiro, nasce José Oswald Antônio de Andrade (Nonê), seu filho com a francesa Kamiá. Acompanha as aulas do programa de bacharelado em ciências e letras do Mosteiro de São Bento.

1915 Publica, em 2 de janeiro, na seção "Lanterna Mágica" de *O Pirralho*, o artigo "Em prol de uma pintura nacional". Junto com os colegas da redação, cultiva uma vida social intensa, tendo ainda como amigos Guilherme de Almeida, Amadeu Amaral, Júlio de Mesquita Filho, Vicente Rao e Pedro Rodrigues de Almeida. Vai com frequência ao Rio de Janeiro, onde participa da vida boêmia ao lado dos escritores Emílio de Meneses, Olegário Mariano, João do Rio e Elói Pontes. Mantém uma relação íntima com a jovem Carmen Lydia, cuja carreira estimula, financiando seus estudos de aperfeiçoamento e introduzindo-a nos meios artísticos. Com apoio de *O Pirralho*, realiza um festival no salão do Conservatório Dramático e Musical, em homenagem a Emílio de Meneses, em 4 de setembro.

1916 Inspirado no envolvimento amoroso com Carmen Lydia, escreve, em parceria com Guilherme de Almeida, a peça *Mon Coeur balance*, cujo primeiro ato é divulgado em *A Cigarra*, de 19 de janeiro. Também em francês, assina, com Guilherme de Almeida, a peça *Leur Âme*, reproduzida em parte na revista *A Vida Moderna*, em maio e dezembro. Ambas foram reunidas no volume *Théâtre Brésilien*, lançado pela Typographie Ashbahr, com projeto gráfico do artista Wasth Rodrigues. Em dezembro, a atriz francesa Suzanne Desprès e seu cônjuge Lugné-Poe fizeram a leitura dramática de um ato de *Leur Âme* no Theatro Municipal de São Paulo. Oswald volta a frequentar a Faculdade de Direito e trabalha como redator do diário *O Jornal*. Faz viagens constantes ao Rio de Janeiro, onde Carmen Lydia vive sob a tutela da avó. Lá conhece a dançarina Isadora Duncan, em turnê pela América do Sul, e a acompanha nos passeios turísticos durante a temporada paulistana. Assina como Oswald de Andrade os trechos do futuro romance *Memórias sentimentais de João Miramar*, publicados em 17 e 31 de agosto em *A Cigarra*. Publica trechos também em *O Pirralho* e *A Vida Moderna*. Assume a função de redator da edição paulistana do *Jornal do Commercio*. Escreve o drama *O filho do sonho*.

1917 Conhece o escritor Mário de Andrade e o pintor Di Cavalcanti. Forma com eles e com Guilherme de Almeida e Ribeiro Couto o primeiro grupo modernista. Aluga uma garçonnière na rua Líbero Badaró, nº 67.

1918 Publica no *Jornal do Commercio*, em 11 de janeiro, o artigo "A exposição Anita Malfatti", no qual defende as tendências da arte expressionista, em resposta à crítica "Paranoia ou mistificação", de Monteiro Lobato, publicada em 20 de dezembro de 1917 em *O Estado de S. Paulo*. Em fevereiro, *O Pirralho* deixa de circular. Cria, a partir de 30 de maio, o "Diário da Garçonnière", também intitulado *O perfeito cozinheiro das almas* *deste mundo.* Os amigos mais assíduos, Guilherme de Almeida, Léo Vaz, Monteiro Lobato, Pedro Rodrigues de Almeida, Ignácio da Costa Ferreira e Edmundo Amaral, participam do diário coletivo que registra ainda a presença marcante da normalista Maria de Lourdes Castro Dolzani, conhecida como Deisi, Daisy e Miss Cyclone. As anotações, datadas até 12 de setembro, revelam seu romance com Daisy, que por motivos de saúde foi obrigada a voltar para a casa da família, em Cravinhos.

1919 Perde o pai em fevereiro. Ajuda Daisy a se estabelecer em São Paulo. Publica, na edição de maio da revista dos estudantes da Faculdade de Direito, *O Onze de Agosto*, "Três capítulos" (Barcelona — 14 de julho em Paris — Os cinco dominós) do romance em confecção *Memórias sentimentais de João Miramar*. No dia 15 de agosto, casa-se in extremis com Daisy, hospitalizada devido a um aborto malsucedido, tendo como padrinhos Guilherme de Almeida, Vicente Rao e a mãe dela. No dia 24 de agosto, Daisy morre, aos dezenove anos, e é sepultada no jazigo da família Andrade no cemitério da Consolação. Conclui o bacharelado em direito sendo escolhido o orador do Centro Acadêmico xi de Agosto.

1920 Trabalha como editor da revista *Papel e Tinta*, lançada em maio e publicada até fevereiro de 1921. Assina Marques D'Olz e escreve, com Menotti Del Picchia, o editorial da revista, que contou com a colaboração de Mário de Andrade, Monteiro Lobato e Guilherme de Almeida, entre outros. Conhece o escultor Victor Brecheret, na ocasião trabalhando na maquete do *Monumento às bandeiras*, em comemoração ao Centenário da Independência, a se realizar em 1922. Encomenda-lhe um busto de Daisy, a falecida Miss Cyclone.

1921 No dia 27 de maio, apresenta no *Correio Paulistano* a poesia de Mário de Andrade com o artigo "O meu poeta futurista". Cria polêmica com o próprio amigo, que lhe responde no dia 6 de junho com uma indagação, "Futurista?", a qual tem por réplica o artigo "Literatura contemporânea", de 12 de junho. No mesmo diário, publica trechos inéditos de *A trilogia do exílio II* e *III*, acompanhados de uma coluna elogiosa de Menotti Del Picchia. Em busca de adesões ao modernismo, viaja com outros escritores ao Rio de Janeiro, onde se encontra com Ribeiro Couto, Ronald de Carvalho, Manuel Bandeira e Sérgio Buarque de Holanda.

1922 Participa ativamente da Semana de Arte Moderna, realizada de 13 a 17 de fevereiro no Theatro Municipal de São Paulo, quando lê fragmentos inéditos de *Os condenados* e *A estrela de absinto* (volumes I e II de *A trilogia do exílio*). Integra o grupo da revista modernista *Klaxon*, lançada em maio. Divulga, no quinto número da revista, uma passagem inédita de *A estrela de absinto*. Publica *Os condenados*, com capa de Anita Malfatti, pela casa editorial de Monteiro Lobato. Forma, com Mário de Andrade, Anita Malfatti, Tarsila do Amaral e Menotti Del Picchia, o chamado "grupo dos cinco". Viaja para a Europa no mês de dezembro pelo navio da Compagnie de Navigation Sud-Atlantique.

1923 Ganha na Justiça a custódia do filho Nonê, que viaja com ele à Europa e ingressa no Lycée Jaccard, em Lausanne, na Suíça. Durante os meses de janeiro e fevereiro, passeia com Tarsila pela Espanha e Portugal. A partir de março, instala-se em Paris, de onde envia artigos sobre os ambientes intelectuais da época para o *Correio Paulistano*. Trava contatos com a vanguarda francesa, conhecendo, em maio, o poeta Blaise Cendrars. Profere uma conferência na Sorbonne intitulada "L'Effort intellectuel du Brésil contemporain", traduzida e divulgada pela *Revista do Brasil*, em dezembro.

1924 Recebe, no início de fevereiro, o amigo Blaise Cendrars, que conhecera em Paris. Escreve um texto elogioso sobre ele no *Correio Paulistano*. Leva-o para assistir ao Carnaval do Rio de Janeiro. Em 18 de março, publica, na seção "Letras & Artes" do *Correio da Manhã*, o "Manifesto da Poesia Pau Brasil", reproduzido pela *Revista do Brasil* nº 100, em abril. Na companhia de Blaise Cendrars, Mário de Andrade, Tarsila do Amaral, Paulo Prado, Goffredo da Silva Telles e René Thiollier, forma a chamada caravana modernista, que excursiona pelas cidades históricas de Minas Gerais, durante a Semana Santa, realizando a "descoberta do Brasil". Dedica a Paulo Prado e a Tarsila seu livro *Memórias sentimentais de João Miramar*, lançado pela Editora Independência, com capa de Tarsila. Faz uma leitura de trechos inéditos do romance *Serafim Ponte Grande* na residência de Paulo Prado. Participa do v Ciclo de Conferências da Villa Kyrial, expondo suas impressões sobre as realizações intelectuais francesas. Publica poemas de *Pau Brasil* na *Revista do Brasil* de outubro. Viaja novamente à Europa a bordo do *Massília*, estando em novembro na Espanha. Instala-se em Paris com Tarsila.

1925 Visita o filho Nonê, que estuda na Suíça. Retorna ao Brasil em maio. Sai o livro de poemas *Pau Brasil*, editado com apoio de Blaise Cendrars pela editora francesa Au Sans Pareil, com ilustrações de Tarsila do Amaral e um prefácio de Paulo Prado. Publica em *O Jornal* o rodapé "A poesia Pau Brasil", no qual responde ao ataque feito pelo crítico Tristão de Ataíde no mesmo matutino, nos dias 28 de junho e 5 de julho, sob o título "Literatura suicida". No dia 15 de outubro, divulga em carta aberta sua candidatura à Academia Brasileira de Letras para a vaga de Alberto Faria, mas não chega a regularizar a inscrição. Oficializa o noivado com Tarsila do Amaral em novembro. O casal parte rumo à Europa, em dezembro. Na passagem do ano, visitam Blaise Cendrars em sua casa de campo, em Tremblay-sur-Mauldre.

1926 Segue com Nonê, Tarsila do Amaral e sua filha Dulce para uma excursão ao Oriente Médio, a bordo do navio *Lotus*. Publica, na revista modernista *Terra Roxa e Outras Terras*, de 3 de fevereiro, o prefácio "Lettre-Océan" ao livro *Pathé-baby*, de António de Alcântara Machado. Em maio, vai a Roma para uma audiência com o papa, na tentativa de obter a anulação do primeiro casamento de Tarsila. Em Paris, auxilia a pintora nos preparativos de sua exposição. Dá início à coluna "Feira das Quintas", no *Jornal do Commercio*, que até 5 de maio do ano seguinte será assinada por João Miramar. Casa-se com Tarsila do Amaral em 30 de outubro, tendo como padrinhos o amigo e já presidente da República Washington Luís e d. Olívia Guedes Penteado. Encontra-se, em outubro, com os fundadores da revista *Verde*, em Cataguases, Minas Gerais. Divulga, na *Revista do Brasil* (2ª fase), de 30 de novembro, o primeiro prefácio ao futuro livro *Serafim Ponte Grande*, intitulado "Objeto e fim da presente obra".

1927 Publica *A estrela de absinto*, segundo volume de *A trilogia do exílio*, com capa de Victor Brecheret, pela Editorial Hélios. A partir de 31 de março, escreve, no *Jornal do Commercio*, crônicas de ataque a Plínio Salgado e Menotti Del Picchia, estabelecendo as divergências com o grupo Verde-Amarelo que levaram à cisão entre os modernistas de 1922. Custeia a publicação do livro de poemas *Primeiro caderno do aluno de poesia Oswald de Andrade*, com capa de Tarsila do Amaral e ilustrações próprias. Volta a Paris, onde permanece de junho a agosto para a segunda exposição individual de Tarsila. Recebe menção honrosa pelo romance *A estrela de absinto* no concurso promovido pela Academia Brasileira de Letras.

1928 Como presente de aniversário, recebe de Tarsila um quadro ao qual resolvem chamar *Abaporu* (em língua tupi, "aquele que come"). Redige e faz uma leitura do "Manifesto Antropófago" na casa de Mário de Andrade. Funda, com os amigos Raul Bopp e António de Alcântara Machado, a *Revista de Antropofagia*, cuja "primeira dentição" é editada de maio de 1928 a fevereiro de 1929.

1929 Lança, em 17 de março, a "segunda dentição" da *Revista de Antropofagia*, dessa vez veiculada pelo *Diário de S. Paulo* até 1º de agosto, sem a participação dos antigos colaboradores, os quais a revista passa a criticar. Com o apoio da publicação, presta uma homenagem ao palhaço Piolim no dia 27 de março, Quarta-Feira de Cinzas, oferecendo-lhe um almoço denominado "banquete de devoração". Ao longo do ano, rompe com os amigos Mário de Andrade, Paulo Prado e António de Alcântara Machado. Em outubro, sofre os efeitos da queda da bolsa de valores de Nova York. Recebe, na fazenda Santa Tereza do Alto, a visita de Le Corbusier, Josephine Baker e Hermann von Keyserling. Mantém uma relação amorosa com Patrícia Galvão, a Pagu, com quem escreve o diário "O romance da época anarquista, ou Livro das horas de Pagu que são minhas — o romance romântico — 1929-1931". Viaja para encontrar-se com ela na Bahia. Ao regressar, desfaz seu matrimônio com Tarsila, prima de Waldemar Belisário, com quem Pagu havia recentemente forjado um casamento.

1930 No dia 5 de janeiro, firma um compromisso verbal de casamento com Pagu junto ao jazigo da família Andrade, no cemitério da Consolação. Depois registra a união em uma foto oficial dos noivos, diante da

Igreja da Penha. Viaja ao Rio de Janeiro para assistir à posse de Guilherme de Almeida na Academia Brasileira de Letras e é detido pela polícia devido a uma denúncia sobre sua intenção de agredir o ex-amigo e poeta Olegário Mariano. Nasce seu filho com Pagu, Rudá Poronominare Galvão de Andrade, no dia 25 de setembro.

1931 Viaja ao Uruguai, onde conhece Luís Carlos Prestes, exilado em Montevidéu. Adere ao comunismo. Em 27 de março, lança, com Pagu e Queirós Lima, o jornal *O Homem do Povo*. Participa da Conferência Regional do Partido Comunista no Rio de Janeiro. Em junho, deixa de viver com Pagu.

1933 Publica o romance *Serafim Ponte Grande*, contendo novo prefácio, redigido no ano anterior, após a Revolução Constitucionalista de 9 de julho, em São Paulo. Financia a publicação do romance *Parque industrial*, de Pagu, que assina com o pseudônimo Mara Lobo.

1934 Participa do Clube dos Artistas Modernos. Vive com a pianista Pilar Ferrer. Publica a peça teatral *O homem e o cavalo*, com capa de Nonê. Lança *A escada vermelha*, terceiro volume de *A trilogia do exílio*. Apaixona-se por Julieta Bárbara Guerrini, com quem assina, em dezembro, um "contrato antenupcial" em regime de separação de bens.

1935 Faz parte do grupo que prepara os estatutos do movimento Quarteirão, que se reúne na casa de Flávio de Carvalho para programar atividades artísticas e culturais. Conhece, por meio de Julieta Guerrini, que frequenta o curso de sociologia da USP, os professores Roger Bastide, Giuseppe Ungaretti e Claude Lévi-Strauss, de quem fica amigo. Acompanha Lévi-Strauss em excursão turística às cataratas de Foz do Iguaçu.

1936 Publica, na revista *O XI de Agosto*, o trecho "Página de Natal", que anos mais tarde faria parte de *O beco do escarro*, da série *Marco zero*. Termina a primeira versão de *O santeiro do Mangue*. Casa-se oficialmente com Julieta Bárbara Guerrini, no dia 24 de dezembro, em cerimônia que teve como padrinhos Cásper Líbero, Candido Portinari e Clotilde Guerrini, irmã da noiva.

1937 Frequenta a fazenda da família de Julieta Guerrini, em Piracicaba, onde recebe a visita de Jorge Amado. Publica, pela editora José Olympio, um volume reunindo as peças *A morta* e *O Rei da Vela*. Colabora na revista *Problemas*, em 15 de agosto, com o ensaio "País de sobremesa" e, em 15 de setembro, com a sátira "Panorama do fascismo".

1938 Publica na revista *O Cruzeiro*, em 2 de abril, "A vocação", texto que seria incluído no volume *A presença do mar*, quarto título da série *Marco zero*, que não chegou a ser editado. Obtém o registro nº 179 junto ao Sindicato dos Jornalistas de São Paulo. Escreve o ensaio "Análise de dois tipos de ficção", apresentado no mês de julho no Primeiro Congresso Paulista de Psicologia, Neurologia, Psiquiatria, Endocrinologia, Medicina Legal e Criminologia.

1939 Em agosto, parte para a Europa com a esposa Julieta Guerrini a bordo do navio *Alameda*, da Blue Star Line, para representar o Brasil no Congresso do Pen Club que se realizaria na Suécia. Retorna, a bordo do navio cargueiro *Angola*, depois de cancelado o evento devido à guerra. Trabalha para a abertura da filial paulista do jornal carioca *Meio Dia*, do qual se torna representante. Mantém nesse jornal as colunas "Banho de Sol" e "De Literatura". Publica uma série de reportagens sobre personalidades paulistas no *Jornal da Manhã*. Sofre problemas de saúde. Retira-se para a estância de São Pedro a fim de recuperar-se da crise.

1940 Candidata-se à Academia Brasileira de Letras, dessa vez para ocupar a vaga de Luís Guimarães Filho. Escreve uma carta aberta aos imortais, declarando-se um paraquedista contra as candidaturas de Menotti Del Picchia e Manuel Bandeira, que acaba sendo eleito. Como provocação, essa carta, publicada no dia 22 de agosto no Suplemento Literário do jornal *Meio Dia*, veio acompanhada de uma fotografia sua usando uma máscara de proteção contra gases mortíferos.

1941 Relança *A trilogia do exílio* em volume único, com o título *Os condenados*, e os romances agora intitulados *Alma, A estrela de absinto* e *A escada*, pela editora Livraria do Globo. Encontra-se com Walt Disney, que visita São Paulo. Monta, com o filho Nonê, um escritório de imóveis.

1942 Publica, na *Revista do Brasil* (3ª fase), do mês de março, o texto "Sombra amarela", dedicado a Orson Welles, de seu futuro romance *Marco zero*. Participa do VII Salão do Sindicato dos Artistas Plásticos de São Paulo. Julieta Guerrini entra com pedido de separação em 21 de dezembro. Depois de conhecer Maria Antonieta D'Alkmin, dedica-lhe o poema "Cântico dos cânticos para flauta e violão", publicado como suplemento da *Revista Acadêmica* de junho de 1944, com ilustrações de Lasar Segall.

1943 Publica *A revolução melancólica*, primeiro volume de *Marco zero*, com capa de Santa Rosa, pela editora José Olympio. Com esse romance, participa do II Concurso Literário patrocinado pela *Revista do Brasil* e pela Sociedade Felipe de Oliveira. Em junho, casa-se com Maria Antonieta. Inicia, em 16 de julho, a coluna "Feira das Sextas" no *Diário de S. Paulo*. Encontra-se com o escritor argentino Oliverio Girondo, que visita o Brasil com a esposa, Norah Lange. Por ocasião do encerramento da exposição do pintor Carlos Prado, em setembro, profere a conferência "A evolução do retrato".

1944 A partir de 1º de fevereiro, começa a colaborar no jornal carioca *Correio da Manhã*, para o qual escreve a coluna "Telefonema" até o fim da vida. Em maio, viaja a Belo Horizonte a convite do prefeito Juscelino Kubitschek, para participar da Primeira Exposição de Arte Moderna, na qual profere a conferência "O caminho percorrido", mais tarde incluída no volume *Ponta de lança*. Concede uma entrevista a Edgar Cavalheiro, que a publica como "Meu testamento" no livro *Testamento de uma geração*.

1945 Participa do I Congresso Brasileiro de Escritores realizado em janeiro. Viaja a Piracicaba, onde profere a conferência "A lição da Inconfidência" em comemoração ao dia 21 de abril. Em 22 de maio, anuncia o nome de Prestes como candidato à presidência e lança o manifesto da Ala Progressista Brasileira. Publica *Chão*, o segundo volume de *Marco zero*, pela editora José Olympio, e também edita sua reunião de artigos intitulada *Ponta de lança*, pela Martins Editora. Publica, pelas Edições Gaveta, em volume de luxo, com capa de Lasar Segall, *Poesias Reunidas O. Andrade*. É convidado a falar na Biblioteca Municipal de São Paulo, onde pronuncia a conferência "A sátira na literatura brasileira". Discorda da linha política adotada por Prestes e rompe com o Partido Comunista do Brasil, expondo suas razões em uma entrevista publicada em 23 de setembro no *Diário de S. Paulo*. Publica a tese *A Arcádia e a Inconfidência*, apresentada em concurso da cadeira de Literatura Brasileira da Universidade de São Paulo. Recebe o poeta Pablo Neruda em visita a São Paulo. Publica o poema "Canto do pracinha só", escrito em agosto, na *Revista Acadêmica* de novembro, mês em que nasce sua filha Antonieta Marília de Oswald de Andrade.

1946 Participa do I Congresso Paulista de Escritores que se reúne em Limeira e presta homenagem póstuma ao escritor Mário de Andrade. Assina contrato com o governo de São Paulo para a realização da obra "O que fizemos em 25 anos", projeto que acaba sendo arquivado. Em outubro, profere a conferência "Informe sobre o modernismo". Em novembro, publica, na *Revista Acadêmica*, o ensaio "Mensagem ao antropófago desconhecido (da França Antártica)".

1947 Publica, na *Revista Acadêmica*, o poema "O escaravelho de ouro", dedicado à filha Antonieta Marília e com data de 15 de abril de 1946. Candidata-se a delegado paulista da Associação Brasileira de Escritores, que realiza congresso em outubro, em Belo Horizonte. Perde a eleição e se desliga da entidade por meio de um protesto dirigido ao presidente da seção estadual, Sérgio Buarque de Holanda.

1948 Em 28 de abril, nasce seu quarto filho, Paulo Marcos Alkmin de Andrade. Nessa época, participa do Primeiro Congresso Paulista de Poesia, no qual discursa criticando a chamada "geração de 1945" e reafirma as conquistas de 1922.

1949 Profere conferência no Centro de Debates Cásper Líbero, no dia 25 de janeiro, intitulada "Civilização e dinheiro". Em abril, faz a apresentação do jornal *Tentativa*, lançado pelo grupo de intelectuais residentes em Atibaia, a quem concede entrevista sobre a situação da literatura. Profere conferência no dia 19 de maio no Museu de Arte Moderna, onde fala sobre "As novas dimensões da poesia". Recebe, em julho, o escritor Albert Camus, que vem ao Brasil para proferir conferências. Oferece--lhe uma "feijoada antropofágica" em sua residência. Inicia, no dia 5 de novembro, a coluna "3 Linhas e 4 Verdades" na *Folha da Manhã*, atual *Folha de S.Paulo*, que manteve até o ano seguinte.

1950 No dia 25 de março, comemora seu 60º aniversário e o Jubileu de *Pau Brasil*; participa do "banquete antropofágico" no Automóvel Club de São Paulo, em sua homenagem. O *Diário de Notícias*, do Rio de Janeiro, publica, no dia 8 de janeiro, o "Autorretrato de Oswald". Em fevereiro, concede entrevista a Mário da Silva Brito, para o *Jornal de Notícias*, intitulada "O poeta Oswald de Andrade perante meio século de literatura brasileira". Em abril, escreve o artigo "Sexagenário não, mas Sex-appeal-genário" para o jornal *A Manhã*. Participa do I Congresso Brasileiro de Filosofia com a comunicação "Um aspecto antropofágico da cultura brasileira, o homem cordial". Publica, pela gráfica Revista dos Tribunais, a tese *A crise da filosofia messiânica*, que pretendia apresentar à Universidade de São Paulo, em um concurso da cadeira de Filosofia, mas não pôde concorrer. Lança-se candidato a deputado federal pelo Partido Republicano Trabalhista com o lema "Pão-teto-roupa-saúde-instrução-liberdade".

1951 Em janeiro, entrega a Cassiano Ricardo um projeto escrito a propósito da reforma de base anunciada por Getúlio Vargas. Propõe a organização de um Departamento Nacional de Cultura. Suas dificuldades financeiras acentuam-se. Consegue negociar um empréstimo junto à Caixa Econômica para conclusão da construção de um edifício. Recebe o filósofo italiano Ernesto Grassi, a quem oferece um churrasco em seu sítio em Ribeirão Pires. No dia 8 de agosto, a *Folha da Manhã* publica seu perfil em artigo intitulado "Traços de identidade".

1952 Em 17 de fevereiro, o suplemento Letras & Artes do jornal carioca *A Manhã* republica o "Manifesto da Poesia Pau Brasil" entre a série de matérias comemorativas dos trinta anos da Semana de Arte Moderna. Faz anotações para um estudo sobre a Antropofagia, escrevendo os ensaios "Os passos incertos do antropófago" e "O antropófago, sua marcha para a técnica, a revolução e o progresso". Passa temporadas no sítio de Ribeirão Pires e em Águas de São Pedro para tratamento de saúde. Em dezembro, escreve "Tratado de Antropofagia"; é internado na Clínica São Vicente, no Rio de Janeiro.

1953 Participa do júri do concurso promovido pelo Salão Letras e Artes Carmen Dolores Barbosa e dirige saudação a José Lins do Rego, premiado com o romance *Cangaceiros*. Passa por nova internação hospitalar no Rio de Janeiro, durante o mês de junho. Publica, a partir de 5 de julho, no caderno Literatura e Arte de *O Estado de S. Paulo*, a série "A marcha das Utopias" e, a partir de setembro, fragmentos "Das 'Memórias'". Recebe proposta para traduzir *Marco zero* para o francês. Em dezembro, sem recursos e necessitando de tratamentos de saúde, tenta vender sua coleção de telas estrangeiras para o Museu de Arte Moderna do Rio de Janeiro, que formava seu acervo, e os quadros nacionais para Niomar Moniz.

1954 A partir de fevereiro, prepara-se para ministrar o curso de Estudos Brasileiros na Universidade de Uppsala, na Suécia. Altera a programação e prepara um curso a ser dado em Genebra. Não realiza a viagem. Em março, é internado no hospital Santa Edwiges e escreve o caderno de reflexões "Livro da convalescença". Em maio, passa por uma cirurgia no Hospital das Clínicas. Profere a conferência "Fazedores da América — de Vespúcio a Matarazzo" na Faculdade de Direito da USP. É homenageado pelo Congresso Internacional de Escritores realizado em São Paulo. É publicado o primeiro volume planejado para a série de memórias, *Um homem sem profissão. Memórias e confissões. 1. 1890-1919. Sob as ordens de mamãe*, com capa de Nonê e prefácio de Antonio Candido, pela José Olympio. Seu reingresso nos quadros da Associação Brasileira de Escritores é aprovado em agosto. Em setembro, é entrevistado pelo programa de Radhá Abramo na TV Record. Em outubro, é novamente internado; falece no dia 22, sendo sepultado no jazigo da família, no cemitério da Consolação.

ESTA OBRA FOI COMPOSTA POR YASMIN DEJEAN EM SILVA TEXT
E IMPRESSA EM OFSETE PELA GRÁFICA BARTIRA SOBRE PAPEL
PÓLEN SOFT DA SUZANO S.A. PARA A EDITORA SCHWARCZ EM
JANEIRO DE 2022

A marca FSC® é a garantia de que a madeira utilizada na fabricação do papel deste livro provém de florestas que foram gerenciadas de maneira ambientalmente correta, socialmente justa e economicamente viável, além de outras fontes de origem controlada.